東京美女散步 (下)

作者・繪者 安西水丸
邱香凝・譯

東京美女散歩

作者
安西水丸

一九四二年生於東京都。畢業於日本大學藝術學部美術學科，曾任職電通，於一九六九年離職赴美，在美期間曾任職於ADAC（紐約的設計工作室）。一九七一年回日本，在平凡社擔任藝術總監，之後轉為自由插畫家，以插畫家和小說家等多種身分活躍於各方面。對栽培插畫家後進不遺餘力。除了插畫作品之外還有許多著作，近作有《水丸劇場》、《小小城下町》、《地球細道》等。二〇一四年三月十九日辭世。

譯者
邱香凝

國立清華大學中文系，日本國立九州大學院比較社會文化學府碩士。喜愛閱讀與書寫，用翻譯看世界。育有一狗，最喜歡的一句話是「用認養取代購買」。

現為專職譯者。譯作有《日本最創意！博報堂的新人培訓課》《人生是一個人的狂熱》《飛上天空的輪胎》等。

2011年

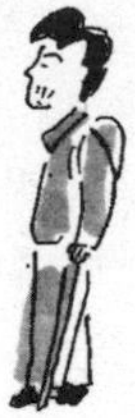

2012年

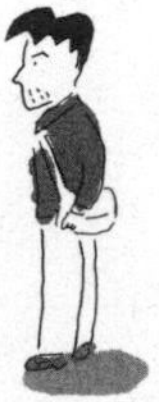

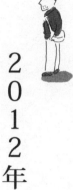

2013年

2014年

東京美女散步㊤目錄

2011年

根津、千駄木、谷中一帶

搭地下鐵千代田線，在千駄木站下車，看到左邊出現團子坂，朝右邊爬上三崎坂。爬到頂端後，右轉就是我家的菩提寺，我每年都會來掃墓好幾次。說掃墓或許有人覺得太大費周章，其實只是在墓碑上灑灑水，供點鮮花，點上線香，這樣而已。大概因為我是明治年間出生的女人養大的小孩吧，想法傳統守舊了些。

從小，掃墓就是長輩教養我們的一部分，直到上高中，有時會在墓園遇到穿著喪服的美女。手持鮮花和水桶的女人很美。如果用黑道電影比喻的話，就是高倉健扮演的獨行俠去墓園祭拜自己無心殺掉的人時，正好巧遇美麗的未亡人（或是情婦）。高倉健默默低頭示意，當場就要離開，女人卻似乎感覺到什麼，開口向他說話。總之，墓園也有很多戲劇化的場面。

先不管高倉健了，這次我的散步路線稱得上是舊市街的墓園區，也就是根津、千駄木、谷中這一帶。聽人家說，即使生活在東京，也有很多人對這一帶一點都不熟悉。經常看見名人的粉絲手持地圖前往墓地祭拜，或是探訪與故人有關的街道景色。這不是壞事。

一如往常，我從青山出發。在表參道上搭地下鐵千代田線，第一站先在根津下車。車站對面就是根津神社，這一帶屬於文京區。根津地名的由來有各種說法，在此只提其中一種。根據《新撰東京名所圖會》，須佐之男命從根之國前來守護當地居民，因而被奉為根之神加以祭祀，成為「根津」地名的由來。

根津神社原本的名稱似乎是根津權現。現在名為根津的這塊土地，曾出了六代將軍德川家宣的甲府宰相松平家下屋敷，家宣就是在這裡誕生的。從前這一帶有根津遊廓（妓院），直到遊廓於明治中期搬到洲崎弁天町（現在的江東區東陽一丁目）為止，附近據說一直有很多「引手茶屋」[1]。我曾見過明治十年代的根津遊廓地圖，松平家宅邸前（也可能是後面旁邊）有一整排帶「樓」的房子[2]。說起來，松平宅邸怎麼會蓋在這麼奇特的地方，真令人匪夷所思。

註釋

1 相當於為嫖客介紹妓女的介紹所。

2 這裡的「樓」指的是古代可與妓女遊興的店家，如揚屋、遊女屋。

有一次我去根津神社時，正好在舉行婚禮，氣氛很熱鬧。相較之下，初冬的根津神社就顯得很寂寥，境內只有幾組帶小小孩來的媽媽。現代媽媽們都打扮得很時髦，美女

根津神社頗有風格
從前這附近有根津遊廓
在附近的甜點店買了金太郎飴
有很多
美女媽媽
根津街道上老屋不少
這家人似乎是根津神社的氏子
3

也不少。她們的丈夫在娶回嬌妻之前一定經歷了一番努力吧。一邊想像著男人們奮鬥的樣子，我離開了根津神社。

沿著不忍通往北（走京都風格），看到左邊出現團子坂時往右走進三崎坂（又稱搖頭坂）。三崎坂名稱的由來原是朝藍染川（現在的暗渠）谷地突出的三個陸岬，大概因為誤將「三岬坂」寫成了「三崎坂」，所以讀音並非「MISAKIZAKA」[4]。前面括號裡提到三崎坂別名搖頭坂，名稱來自

在三崎坂
有時代劇風格的建築也有
現代風格的公寓

3 氏子，信奉當地神的信徒。

4 「岬」的讀音為「MISAKI」，「崎」的讀音為「SAKI」，「三崎坂」的讀音為「SANSAKIZAKA」。

附近住的一個有搖頭怪癖的寺僧。

上了三崎坂後左手邊立刻能看見如今已是三崎坂有名的「菊見仙貝總本店」。在它的斜前方則是賣江戶千代紙的「伊勢辰」（總店開在更上坡的地方）。這裡行政區屬台東區。

三崎坂兩側有不少歷史悠久的寺院，其中有多得數不清的名人墳地及墓碑。比方說坡道中段左邊的全生庵，就是無力流劍客山岡鐵舟的墓地所在之處。慶應四年（一八六八年）二月，官軍進逼江戶時，山岡鐵舟以勝海舟使者的身分前往駿府與西鄉隆盛交涉，力促江戶無血開城。此外，以《牡丹燈籠》等怪談聞名的三遊亭円朝之墓也在這座寺院中。円朝在想那

在「伊勢辰」買的
生肖紅包袋
圖案是手摺木版畫
屋頂的曲線
非常美
本堂後方的
墓地裡
有山岡鐵舟的
墳墓
內有山岡鐵舟與三遊亭円朝
墓地的全生庵

些怪談故事時，說不定正是以這一帶墓地的形象揣摩的呢。

三崎坂占地寬闊，很適合散步。如前所述，兩旁建有不少歷史悠久的寺院，也有許多看似從江戶時期就存在的酒屋及充滿懷舊感的咖啡店，教人忍不住停下腳步。我每次來這裡，都會去「伊勢辰」（正確店名應該是「菊壽堂伊勢辰」）看看。這間店是伊勢屋惣右衛門的學徒出來開的，初代辰五郎於元治元年（一八六四年）在堀江町團扇河岸開了製作錦繪與團扇的批發店「伊勢辰」，此後一直延續至今。和五個姊姊一起長大的我，只要走進這間店就會被一股鄉愁包圍。狹小的店面擺著各種雅致的商品，三個結伴前來的年輕女孩正在挑選，模樣相當可愛。

「妳們常來這裡嗎？」

我問其中一個人。

「第一次來～」

「千代紙很美吧。」

「啊，這個就叫千代紙喔？」

妳這小姑娘在說什麼啊，店門口不就寫了這是千代紙的店嗎？

內心如此嘀咕，我從她們身邊離開，為即將自紐約前來的朋友（美國人）買了十張千代紙，然後走出店外。

慢條斯理地爬上三崎坂，出乎我意料，擦身而過的女人都很不錯，而且其中不少人素著臉沒有化妝，更沒有黏著可怕假睫毛的女人，臉頰肌膚散發光澤。如果以銀座為中心分成東西兩邊的話，我還是比較喜歡東邊的女人。腦中浮現外婆經常說的話：

「山之手什麼的，那是明治時代之後才有的薩長文化[5]。」

外婆的先祖曾是旗本武士，她的父親在轉戰會津時落敗心有不甘，或許她也感同身受。

人在失敗的時候一定要提得起放得下才行。

這句話從外婆口中傳給了母親，是我從小就常聽見的一句話。

一邊想著這些事，一邊走進我家的菩提寺T寶院。初冬的墓地杳無人跡。

說件無關的事，我家墓地的後面（或者該說我家的墓地位於後方才對）是立原家的墓地。生於東京，從東京帝國大學工學部建築學科畢業後成為詩人的立原道造就葬在這裡。昭和十二年（一九三七年）發行同樣都收錄了十篇十四行詩的《寄予萱草》和《朝夕之詩》兩本詩集。年僅二十五歲就過世，這點很有詩人的作風。死前不久，他還獲頒了中原中也獎。立原道造很受年輕女性歡迎，聽說來祭拜的書迷不少。說是順便介紹未免有點失禮，不過立原家之墓附近還有活躍於大正、昭和時期的西洋畫家小絲源太郎的墳墓。小絲源太郎的老家在上野開豆腐料理店（店名叫「揚出」）。

這裡的豆大福世界第一
（美女就像豆大福一樣，
不是嗎？）
掃墓後每次都會去的「岡埜榮泉」
是一棟歷史悠久的建築

T寶院前是一條Y字路，從上野櫻木町方向過來的話，往右那條岔路通向谷中靈園，往左那條岔路通向三崎坂。我朝三崎坂

5 薩摩藩與長州藩的略稱，於明治新政府擔任要職的多為薩長出身者。

方向走去。

時間已過下午兩點，還沒吃午餐的我決定走進Y字路尖的餐廳吃飯。在我讀大學那陣子，這裡原本是美術器材店，現在已經變成名為「筆屋」的餐廳了。店裡有兩組中年情侶，所有人吃的都是燉牛肉，說不定這間店的燉牛肉很有名。不過，喜歡咖哩的我還是點了菜單上的香辣咖哩。經營這間餐廳的似乎是一對初老（也可能只是中年）夫妻，還有另外一位年輕女性在店裡幫忙，大概是女兒吧，我不清楚。那是一位頸項纖細的女孩，老實說我對她一見鍾情。啊，真是個美女。可是一直盯著人家看未免太沒品，我專心吃完咖哩就離開了，心裡打著有機會再過來吃的主意。

雖然前面講過了，就我個人看來，這一帶美女真的很多。

「魚店的大叔一直建議我買這個喜目魚鰭肉，所以我就買了。今晚熱酒給你配喔。」要是被這麼一說，誰還受得了。把「比目魚」說成「喜目魚」的江戶女人，果然很不錯。

言歸正傳，走到三崎坂最頂端，在彎進我家菩提寺之前，有一間爬滿藤蔓的酒吧

「EAU—DE—VIE」，我去過好多次。店裡經常擠滿當地人，很是熱鬧（話雖如此也就是幾個人而已），對他們而言，這裡大概就像是紐約客口中的「近鄰酒吧」。紐約人向來這麼稱呼離自家只有幾步之遙，氣氛很棒的酒吧，喜歡帶朋友一起去喝兩杯。

進入谷中靈園。整排葉子掉光的櫻花樹顯得有點寒傖。沿著這排櫻花樹往前進，走到公廁時，旁邊就是高橋阿傳的墳墓（也有人說是墓碑）。據說是阿傳的情人小川市太郎將她從小塚原回向院改葬到谷中靈園的。不管什麼時候來，她的墓前總是供滿鮮花。

被稱為歷代罕見毒婦的高橋阿傳之墓

以歷代罕見毒婦聞名的高橋阿傳生於嘉永元年（一八四八年）（另一說是嘉永三年），上野國利根郡下牧村人。阿傳一生受到複雜的命運捉弄——簡單來說就是複雜的異性關係，最後以殺人罪遭判死刑，於明治十二年（一八七九年）一月三十一日在市谷監獄斬首。執刑的劊子手是自元祿年間代代繼承試刀人的第八代後人山田淺右衛門。

朝倉雕塑館內景象（取自導覽手冊）

通往朝倉雕塑館的路旁有個築地塀，是很受歡迎的景點

當淺右衛門的刀朝阿傳脖子砍下時，阿傳口中喊出當時與她一起生活，自稱尾張士族的鋸木工人小川市太郎之名，身體劇烈掙扎的結果，導致刀砍偏了，擊中後腦勺，阿傳發出哀號滾到地上（可想而知的事）。最後，第三次被押上土壇的阿傳口中誦唸了兩句「南無阿彌陀佛」，終於遭到斬首。可憐的女人。儘管被稱為歷代罕見的毒婦，阿傳只殺了一個人。據說她長得嬌媚多姿，每個男人看了都想照顧她。這或許才是她真正的厄運。

阿傳事件被寫入各種讀物，也有改編成小說。其中最有名的應屬邦枝完二自昭和九年（一九三四年）起在《讀賣新聞》連載的《阿傳地獄》。為這篇小說繪製插畫的是小村雪岱。插畫本身至今仍被視為名作，收藏在美術館展示。

此外，也有以高橋阿傳為題材的電影。我大學時看的是新東寶推出的作品，由人稱怪談電影大師的中川信夫執導。女星若杉嘉津子扮演的阿傳還有入浴戲，電影中的阿傳背部刺滿一整幅般若像，這是電影加油添醋的創作，實際上阿傳只有上臂有刺青。附帶一提，阿傳的陰部至今仍保存在東大醫院中。

我一直走到附近的谷中五重塔遺址。昭和三十二年（一九五七年）被自焚殉情事件波及而燒毀的谷中五重塔，如今只剩下基石寂寞地立在原地。這座五重塔也是幸田露伴小說《五重塔》的藍本，過去曾是東京名勝之一，也是谷中靈園的象徵。

自焚殉情的那兩人，一個是在目白某洋裁店工作的四十八歲男人（已婚，也有一說是五十歲），一個是該店二十二歲的女店員（另一說是二十歲），據說兩人為了將這段外遇關係做個了斷而選擇自焚殉情。不管怎麼說，何必帶著這麼有名的建築陪葬，為什麼不隨便選個易燃的鄉下木材倉庫呢。真想看看這兩個人長什麼樣子。

走回Y字路，踏上通往朝倉雕塑館的道路。在雕塑館前方巷子裡的「都仙貝」買了鹽味仙貝。這也是每次來掃墓都會光顧的店。回到原本的路上繼續往前走，最後會通到一條寬敞的大街。往右是御殿坂，下坡直行是JR日暮里車站，往左則有一道寬石階，沿著石階往下可走到谷中銀座。石階名為「夕陽階梯」。站在石階頂上望出去的夕陽分外美麗。這附近是很受歡迎的散步地點，來往的人很多。

因為天氣很好，本來想等著看夕陽的，最後還是決定折返。

因為收留彰義隊，
遭官軍槍林彈雨攻擊的
經王寺山門至今
仍留有彈孔

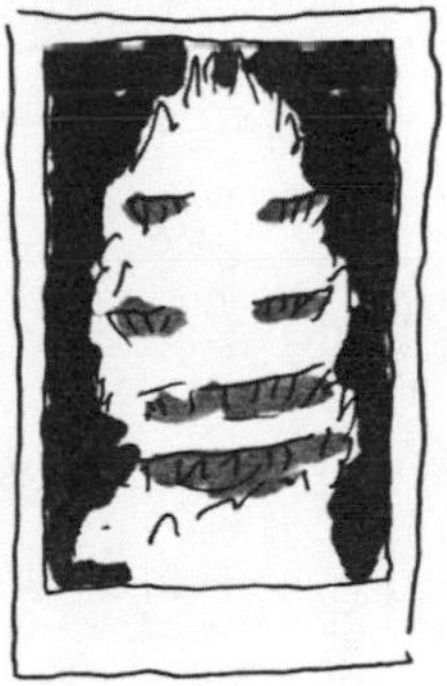

燃燒的谷中五重塔
（臨摹照片）

二子玉川一帶

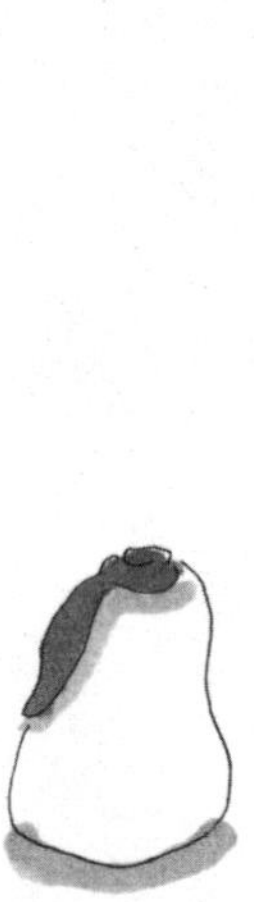

有時會聽到一些很礙耳的地名稱呼。比方說把二子玉川說成「二子」或「二玉」。這似乎是一種暱稱，但我就是無法接受。順便再說一個，身為東京人的我也很難忍受人家把「三軒茶屋」說成「三茶」。

我稱這種現象為「亡國的地名稱呼」（似乎有點石原都知事的架式，抱歉啊，知事）。實在很討厭聽到裝年輕的大人說什麼「那個二玉啊」。

儘管這麼寫，其實我曾有一段時間和這個被稱為「二玉」的「二子玉川」（FUTAKO TAMAGAWA）關係深厚。那是泡沫經濟全盛期，一九八〇年代中旬的事了。瀨田這裡開了一間會員制綜合運動俱樂部「THE SPORTS CONNECTION」，我也在友人建議下加入了會員。當時日本還沒有這種會員制運動中心，THE SPORTS CONNECTION占地七千坪，會員總數超過一萬八千人，稱得上是日本第一的會員制運動中心。那張會員卡雖然沒有什麼值得炫耀的地方，在當時也可說是一種社會地位的象徵。

每天對著書桌畫圖的我運動不足，為了解決這個問題，所以才決定加入會員。

帶動日本會員制運動中心風潮的 THE SPORTS CONNECTION

還有一個原因是，從青山到 THE SPORTS CONNECTION（當時車站還叫做二子玉川園站），只要搭新玉川線（現在的東急田園都市線），不需要換車就能直達。雖然和今天的主題無關，但我這個人非常討厭換車這件事。舉例來說，如果要從青山到千歲烏山，得在表參道搭地下鐵銀座線，先到澀谷換京王井之頭線，搭到井之頭線上的明大前再換乘京王線。換句話說，到達目的地之前得換乘兩次才行。相較之下，如果要去突尼西亞，只要從成田國際機場搭飛機到法蘭克福轉機一次就到了，如果要去威尼斯也只要到巴黎轉機一次，比從青山去千歲烏山方便太多。

我好像又說了不必要的話，還是言歸正傳吧。

總之因為這樣，這次的美女散步，就決定在二子玉川車站附近走走。

現在只要說到二子玉川，腦中第一個浮現的應該是玉川高島屋購物中心吧。這是日本首次出現的郊區型購物中心，於一九六九年十一月開幕。當時，高島屋為了顧及都內城南地區的客群，原本想將購物中心開在澀谷，因為發自城南的各條電車路線正好集中交會在澀谷。可是，澀谷既有的建築已呈飽和狀態，於是最後從自由之丘和二子玉川兩者間選出了地價相對較低，還能欣賞到多摩川風景的後者，決定將新的購物中心開在二子玉川。這或許是個非常正確的判斷。

現在的二子玉川站，過去曾因為鐵路公司和路線規劃的關係改過好幾次站名。

明治四十年（一九〇七年）啟用時的名稱是玉川站。後來改為讀賣遊樂園站（一九三九年），接著因為與大井町線二子玉川站整合的緣故，再度改為二子讀賣園站（一九四〇年），其後又改為二子玉川站（一九四四年），平成十二年（二〇〇〇年）改成二子玉川站後維持至今。另外，那一年也是新玉川線與東急田園都市線統一的一年。

玉川電氣鐵道（後來的東急玉川線）於明治四十年開通營運，最大的目的是將採自

從二子玉川站望出去的高樓大廈右邊還能看見新多摩大橋
玉川高島屋購物中心
促進這一帶發展的就是這個百貨公司

多摩川的砂石運往都心。甲午戰爭帶來的景氣，加上關東大地震（一九二三年）後的重建工作，使得砂石產業進入全盛期。說來有趣，由於載客電車後方加掛運載砂石的貨車，因此這種電車又被稱為「砂石電車」。

據說多摩川邊採集的砂石品質很好。成瀨巳喜男導演的電影《兄妹》（一九五三年），便以東京近郊多摩川邊的鄉村為背景。當時這一帶幾乎都是鄉村。

電影描述個性暴躁，唯有對妹妹的愛決不輸給任何人的哥哥（森雅之飾），與曾一度搬到大都會生活，和年紀比自己小的學生發生關係，懷了身孕回到鄉下的妹妹（京真知子飾）之間深刻複雜的情感。電影中，哥哥的職業正是多摩川邊的砂石工人。我還記得自己看了這部電影後才知道當時有從事這種工作的人。那是一部相當出色的電影。

再多提一些二子玉川的歷史吧。

天保二年（一八三一年），西之丸（位於江戶城本丸西邊，做為將軍嫡子住處或將軍隱居所的地方）內府德川家慶遊覽二子玉川後，文人墨客起而效尤，也開始造訪二子玉川這個地方。據說，現在的二子玉川附近曾有「玉川八景」和「行善寺八景」等頗受好評的景觀。十一代將軍家齊及十三代將軍家定都曾於在此停留休息。

大正十四年（一九二五年）二子橋建設完成，二子渡船也隨之走進歷史。利用多摩川的水量（當時似乎還有相當豐沛的水量），大型渡船一次能載運八輛牛車，由四、五名船夫同時划槳。

現在，二子玉川（多摩川）的煙火大會已成為夏季不可或缺的娛樂活動。事實上，煙火大會原本是這附近料亭為了吸引顧客上門而開始舉辦的。昭和六年（一九三一年），二子玉川成為熱鬧的三業地（聚集料亭、藝妓屋和茶室等三種行業的場所）。不過，三業地的經營於昭和三十四年（一九五九年）遭到廢止。好想親眼見識當年沿岸開設的料亭啊，河邊的BBQ就算了。

說說二子玉川的由來吧。自古以來隔著多摩川分據左右兩岸的分別是靠川崎市那一側的「二子村」與靠世田谷區那一側的「玉川村」，兩者合起來就成了「二子玉川」的名稱。此外，似乎也和前面提過的「二子渡船」有關。如今二子玉川對岸的川崎市高津區還有町名叫做「二子」的地方，只是這個二子的讀音是加入濁音的「FUTAGO」。

這天，我從表參道搭半藏門線直通東急田園都市線，在二子玉川站下車。走出車站，首先映入眼簾的是玉川高島屋購物中心。進百貨公司逛也沒什麼意思，於是決定先在附近散散步，沒想到還遇見不少打扮得很時髦的迷你裙美女。或許因為附近有玉川台、瀨田、岡本等高級住宅區，女人的穿著打扮都很不賴。另外，東急田園都市線也會經過橫濱市的青葉區，從那附近高級住宅區帶孩子搭車來二子玉川的年輕太太們，感覺也和過去路上看到的「媽媽」不一樣。腦中不由得浮現八卦雜誌《週刊現代》的限制級文章。「年輕妻子為何立刻寬衣解帶？」嗯……是啊，應該是說，嗯，女性的羞恥心往往形成了快感的推手吧。

沿著與二四六號國道平行的坡道往澀谷方向走，左側經過令人懷念的THE SPORTS CONNECTION。前面也提過，我在這間運動中心開幕沒多久時加入會員，前前後後在這裡運動了差不多十年（不再續會的原因是工作室附近開了一樣的運動中心）。有不少明星藝人是這裡的會員，我經常在游泳池畔遇到人稱王牌JOE（很久以前的事了）的宍戸錠。不知為何，運動中心裡的有氧運動教室以透明玻璃隔間，從外面就能看見女人們拚命跳有氧舞蹈的樣子。當時穿緊身韻律服是一種流行，也有些女人直接穿著緊身韻律服在運動中心內走動。不管怎麼說，緊身韻律服底下的東西才是更重要的。

過了THE SPORTS CONNECTION，再往前走一百公尺左右就是瀨田溫泉「山河之湯」。這是一處還算新的天然溫泉，好像吸引了不少愛好者。我原本也想泡個溫泉，可惜這天天氣很

玉川大師的地下遍照
金剛殿令人驚嘆

八十八箇所的
大師佛像
這裡是地下室

冷，我擔心泡完身體會著涼就作罷了。等到梅花綻放的季節，一定要再來一次。

住在東京的人往往以為泡溫泉就得離開東京到其他縣市去，其實東京也有不少厲害的溫泉勝地。

走回來時路，往住宅區裡面進去一點，打算尋找瀨田玉川神社。找著找著迷路了，看見一位四十五歲左右的女性從公寓裡走出來，便上前向她問路。她非常親切和善，因為太親切了反而使我有點不知所措。真是一位性感熟女。

沿著一道陡斜的石階向上爬，爬到瀨田玉川神社。沒來由地，石階令我感受到一股力量。這間散發能量的神社建築樸實簡單，實際上非常具有現代感。有朝一日，這附近也會變成現代化的城市吧，瀨田玉川神社帶給我這種預感。

離開瀨田玉川神社往下走，途經玉川大師玉真院，於是順道進去參拜。聽說這裡的地下室供奉著佛像，付了一千日圓後走樓梯下去，出乎意料的是個不知該說有趣還是恐怖的地方。總而言之，四下一片漆黑，什麼都看不見。原來是一個黑暗的地下靈場。因為伸手不見五指，只能摸著牆壁往前走。要是跌倒撞到後腦勺就死定了。沒想到二子玉川還有這樣的地方，簡直比遊樂園的鬼屋還恐怖。喜歡這種地方的人請務必前來探訪。

走到玉川高島屋後方，那裡正好聚集一條餐飲街。這一帶過去曾是風月場所，現在的名稱是「柳小路」。繞了一圈看看，沒發現特別想進去的店，只能說期待今後的發展了。

朝多摩川方向走，過河到兵庫島公園。要前往兵庫島公園，得先通過橫跨多摩川支流野川的兵庫橋。橋上有人正在悠閒地垂釣。

街角速寫

瑞典的傳統玩具
在柳小路買的達拉木馬

延文三年（一三五八年），新田義貞次子（庶出）義興在從上野國前往鎌倉途中遭到敵人陷害喪命，與他同船的家臣由良兵庫助遺體漂流至此（另一說是游到此地），兵庫島因而得名。

這段歷史頗為有趣，不如再說得詳細一點吧。

新田義興（一三三一～一三五八年）雖曾一度占領鎌倉，放逐了鎌倉公足利基氏，卻又立刻敗在足利尊氏軍手中，短短十天便棄守鎌倉。後來潛入越後打算等待時機再次出兵，沒想到卻在這裡中了圈套。

察覺義興打算再次出兵的足利基氏與屬下畠山國清商量後，派心腹竹澤右京亮潛入義興陣營。竹澤送一位名為少將局的美女給義興，博得他的歡心。這一段拍成

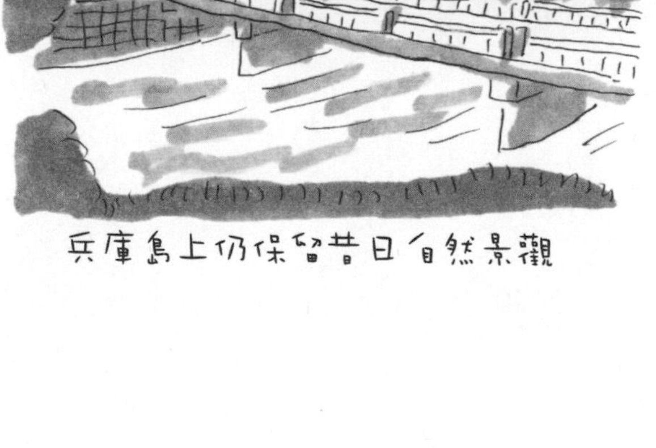

兵庫島上仍保留昔日自然景觀

電影一定非常精彩。然而，竹澤暗殺義興的計謀失敗，於是求助於江戶遠江守及其甥下野守。竹澤、江戶遠江守與下野守都是如今大田區多摩川沿岸地區的在地武將。重長以來的名門嫡流江戶氏中竟出了參與暗殺奸計的後人，這段歷史也相當耐人尋味。

對竹澤等人深信不疑的義興制定計畫進攻鎌倉，於延文三年十一月離開越後，來到武藏國矢口之渡。主從一行僅有十三人，這一點可說是他身為主將的失策。

竹澤等人事先串通船夫，在渡河時刻意掉落船槳，船夫再裝作要撿拾船槳的樣子跳入河中，拔掉事先設置在船底的兩個栓子，然後直接游泳逃離。如此一來，船當然陷入沉沒危機。此時，江戶遠江守和下野守率領部下，在叫囂聲中發射箭矢。義興就這麼中了敵人的圈套，在即將沉沒的船上憤怒失控，可惜為時已晚，義興自刎身亡。

與義興同船的家臣由良兵庫助遺體則漂流到如今兵庫島附近。

兵庫島上雖然不到森林茂密的地步，鬱鬱蒼蒼的樹木給人不錯的感覺。雖然我到的這天樹上幾乎只剩枯葉，等到春天來臨時，一定會是一片綠意盎然。多摩川流經兵庫島西側，看得見對岸的高樓大廈。夕陽正緩緩沒入樓群背後，將天空染成了橘紅色。多摩川河面上流過夕陽的倒影。

東急田園都市線行經二子橋，到處都能看到正在建設中的公寓。能生活在看得到河川的地方是很棒的事。「河岸生活」，聽起來好像不動產的廣告。

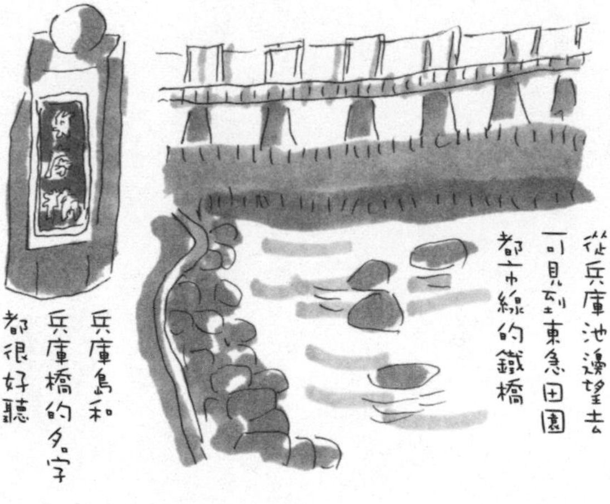
從兵庫池邊望去
可見到東急田園
都市線的鐵橋
兵庫島和
兵庫橋的名字
都很好聽

從森下往高橋、清澄一帶

錯過到處都是腳的青山，我搭著地下鐵大江戶線往深川方向前進。

所謂的腳，是我對「腳女人」的簡稱。「腳女人」就是那種看到長相時忍不住怨嘆「怎麼這樣」，但卻又有雙修長美腿的女性。青山一帶（以表參道為中心）「腳女人」特別多。

走在青山通上，我喃喃自語。

「啊、腳女人，喔、腳女人，呀、腳女人，嘛、腳女人。」

這裡的「啊」、「喔」、「呀」、「嘛」都是驚嘆詞[1]，青山就是一個令人驚嘆的地方。這麼說的人是講起冷笑話無人能出其右的著名文案寫手，真木準先生。遺憾的是，真木先生前年過世了。

在電車裡恍惚想著這件事，腦海中浮現另一個真正堪稱天才冷笑話師（其實沒有這

種稱謂）的人物。他就是經手伊勢丹等許多知名廣告的名平面設計師小島良平先生（小島先生也在前年過世了）。

某天，小島先生因為心肌梗塞發作，被救護車緊急送往醫院。幸運的是沒有大礙，身體也恢復正常。醫生指著一張圖片對他說：

「小島先生，這是你的心電圖。」

看了心電圖的小島很猛，脫口而出他最擅長的冷笑話。

「我明明還活著，怎麼說我死了呢[2]。」

我的原則是聽冷笑話絕對不笑，在聽到這件事時雖然沒有笑，但也無言以對。

在地下鐵森下站下車，第一個去的地方是「田河水泡・野良黑館」。

說到「野良黑」當然就是那個「野良犬黑吉」，風靡一時的暢銷漫畫家田河水泡的《野良犬黑吉》紀念館，地點就在森下的「森下文化中心」，免費入場。

《野良犬黑吉》於昭和六年（一九三一年）開始在大日本雄辯會講談社（現在的講談社）雜誌《少年俱樂部》上連載。連載期間相當長（一直持續到昭和十六年），以戰前

1「啊喔呀嘛」正好是青山的讀音AOYAMA。

2 心電圖的日文發音SHINDENZU和死了的日文發音SHINDERU相近。

的漫畫來說堪稱特例。受歡迎的程度不只反映在雜誌銷量，市面上還出現了「野良黑墨汁」、「野良黑口琴」，以及鉛筆盒和兒童玩具等周邊商品。說起來就像現在的凱蒂貓或紅豆麵包超人吧。「野良犬黑吉」或許可說是周邊商品的開山鼻祖。

出了地下鐵森下站往南，若在第二個紅綠燈口右轉可通往隅田川，途中會先經過「芭蕉紀念館」。我則是在紅綠燈口左轉，走進高橋商店街。這條街現在被

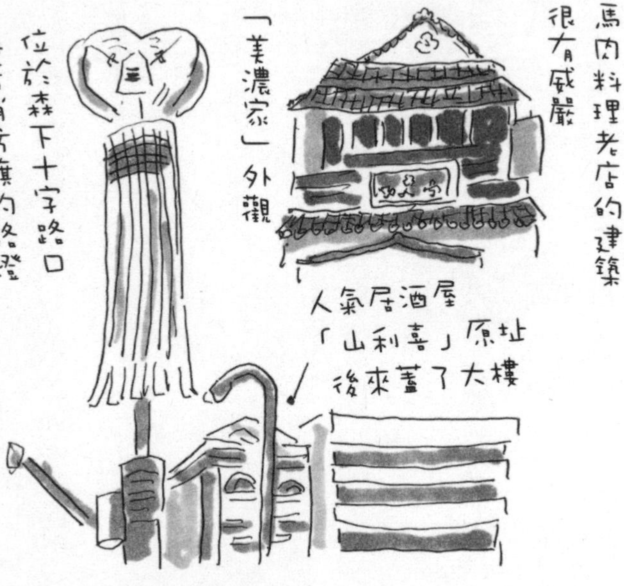
掛著消防旗的路燈

「野良黑路」上

稱為「野良黑路」。通往「田河水泡．野良黑館」的這條商店街上，到處都有販售「野良黑」周邊商品（T恤、帽子、手帕、野良黑仙貝等等）的商店。

聽說《野良犬黑吉》的作者田河水泡和江東這一帶一般稱為「深川」的地區頗有淵源。深川這個地名莫名帶有一股江戶舊市街的風情，街道外觀說起來倒是非常普通。路上很多說不上好也說不上壞的房子，值得一提的頂多只有幾間自詡識貨的酒鬼常去的居酒屋。這樣的地方卻擁有「田河水泡．野良黑館」，江東還真是幹得好啊。

我比沉迷漫畫《野良犬黑吉》的世代晚一

點出生，小時候家中只有一本《野良犬黑吉》，喜歡漫畫的我經常打開來看。還記得封面印刷在布上，書名正確來說應該是《野良黑總攻擊》（這本書現在還在我家）。發行日是昭和十二年（一九三七年）年十二月，這年我還沒出生。漫畫內容主要描述野良黑隸屬的猛犬聯隊與豚勝將軍率領的豚軍之間的戰爭。現在重讀這本書，發現內容隱約反映當時世界局勢，真是有意思。

野良犬黑吉是一隻除了下巴和手腳外全黑的大眼狗，真正的名字叫「野良犬黑吉」[3]，「野良黑」是他的自稱。雖然個性上也有迷糊的一面，反應快又有膽識的他在聯隊中不斷晉級，如果用戰國武將來比喻，大概就是木下藤吉郎吧。猛犬聯隊的隊長是隻白色的胖牛頭犬，人稱牛頭聯隊長，官拜上校。連長是一隻名叫莫爾的梗犬，官拜上尉（後來陸續晉升少校、中校）。

個性獨特的角色不斷登場，我最喜歡的是一隻黑鼻白犬（不知道是什麼犬種）「條子」。條子在野良黑還是中士時加入聯隊，最喜歡吃鯛魚燒，因為個性悠哉老是出紕漏，但也因此令人無法討厭他。天生蠻力，願意為野良黑拚命，實在是個好傢伙。對野

3 野良犬在日語中為流浪狗之意。

良黑來說也是個好搭檔。

逛完「田河水泡．野良黑館」，走在「野良黑路」上，朝南往清澄通的方向前進。

對了，田河水泡生於明治三十二年（一八九九年）二月十日，是東京市本所區林町人。本名高見澤仲太郎，除了創作漫畫之外，也會寫新相聲的腳本，以腳本家身分創作時的筆名是高澤路亭。他的夫人是人稱「日本知性」的文藝評論家小林秀雄的妹妹。知名漫畫《蠑螺太太》的作者長谷川京子正是田河水泡的門下學生（沒記錯的話瀧田祐也是）。

從插畫家的角度來看，田河水泡創作的角色簡潔脫俗，就算拿到現代也絕不過時。對色彩的美感及設計品味都高人一等，每一格漫畫中的構圖也堪稱完美，真是歷久彌新。他是我想親眼見見的日本人之一。

田河水泡的漫畫只有一個地方讓我想不通，那就是他筆下沒有女人。《野良犬黑吉》也是如此，漫畫中沒有出現任何一個女人。我覺得這實在很值得研究考據一番。身為《東京美女散步》的作者，我對這點也是特別在意。

悠閒流過舊市街的
小名木川
遠方還可見到
西深川橋

「田河水泡．野良黑館」所在地森下町的地名由來，與酒井左衛門尉的別墅有關。由於此處有茂密的樹林，別墅看來就像矗立在森林之下，因而得名。

走過橫跨小名木川上的高橋，順道前往白河的「深川江戶資料館」看一看。在那之前會先經過靈巖寺。奧州白河藩主，以寬政改革為人熟知的松平定信（白河樂翁）墓地就在靈巖寺內，白河這個地名正來自白河樂翁。「深川江戶資料館」中以一比一的比例重現江戶時代末期（天保年間）深川佐賀町的街景，以聲音和光影表現出整整一天的時間更迭，相當有看頭。

簡單來說，就像搭上時光機回到江戶時代體驗當時的氛圍。這裡有個可充作小劇場使用的舞台，對我而言更是難以忘懷的場所。

那是一九八〇年代的事了。

內田吐夢導演的作品《宮本武藏》（中村錦之助主演）總共拍了五集，其中佐佐木小次郎由高倉健扮演（又八則由木村功飾演）。電影中還有一個要角，那就是名為「阿通」的女主角。扮演這位阿通的是當時才十七歲的入江若葉。她的母親是昔日的知

名女星入江貴子。

聽說當初電影公司找上她演阿通時，若葉覺得自己實在無法勝任，還曾偕同母親一起去向內田吐夢導演請辭。關於那時的事，入江若葉曾如此描述：

清楚記得，那天雨下得稀里嘩啦，我身上穿的是水藍色的洋裝。

這位入江若葉後來成立了劇團「江戶組」，就在這間「深川江戶資料館」裡的小劇場公演。我受她委託，每年負責設計劇團的宣傳物。

入江小姐有貴族血統，若是生在古代，她就是一位公主了。自從看過《宮本武藏》裡的阿通，她一直是我嚮往的女性。

不過，入江小姐一點也不因出身血統而自傲。看到我設計的海報和場刊，她總是比誰都開心。

設計受到肯定當然也很開心，不料到了第二次公演，入江小姐提出將山本周五郎

《夜之辛夷》搬上舞台的構想時，竟然委託我擔任導演和腳本。我當然婉拒了，腳本也就罷了，導演我絕對做不來。

「總有一天你會知道，這是一次非常好的學習經驗。」

聽到她這麼說，我最後決定接下這個任務，也自認盡了最大的努力。舞台上，入江若葉扮演的風塵女子哀怨淒美。正如她所說，現在我真的非常感謝當年有那個機會。永遠忘不了來觀賞那場舞台劇的電視製作人橫澤彪先生對我的讚美之詞。橫澤先生也在最近過世了。

在那之後，陸續有深作欣二等知名導演為《江戶組》導戲，我曾有機會在排練時和深作導演說上話，當時他所提及的入江若葉小姐軼事，令我印象深刻。

「在北海道拍《小嘍囉阿萬與阿鐵》時天氣很冷，有天吃午餐時還下著雪。那時，我看到入江若葉她啊，用凍僵的手拿著筷子，將沾在便當盒蓋上的飯粒一一夾起來吃。這是其他女明星做不到的事，她真的很了不起。」

這就是入江若葉，我完全能夠想像。

入江若葉小姐的《江戶組》十週年紀念公演宣傳手冊使用的插畫（由水丸我負責設計）

山本周五郎原著《明暗嫁問答》

導演・腳本為青井陽治

《江戶組》的舞台劇持續演了十年才落幕。

「深川江戶資料館」所在的那條路上，有令人懷念的玩具店，還有一家賣「深川飯」的餐廳。

我吃過一次「深川飯」，不知道是不是選的餐廳不好，並不覺得有什麼好吃。決定下次自己來動手做做看。

再次往南，朝清澄通走去。走到仙台堀川前就能看到東京都指定名勝「清澄庭園」了。關於這座庭園，有一說是江戶富商紀伊國屋文左衛門的宅邸遺跡，後來於享保年間（一七一六～一七三六年）成為下總國（現在的千葉縣北部及部分茨城縣）關宿城主久世大和守的別墅，當時的庭園造型就是現在這座庭園的前身。明治十一年（一八七八年），岩崎彌太郎計劃在這塊土地上造園，用以做為慰勞員工及招待賓客的場所。這座「深川親睦園」於明治十三年（一八八〇年）年落成，園內除了有引隅田川水做成的大泉水外，還築起人造山，布置了從全國各地收集來的名石，打造出一座代表明治庭園的迴遊式林泉庭園。大正十二年（一九二三年）九月的關東大地震以及昭和二十年（一九四五年）的大空襲中，這裡都曾做為避難場所使用，拯救了許多人命。關東大地震後，將現在的庭園部分捐給東京市，加以修復後，於昭和七年（一九三二年）對一般民眾公開。現在一般人的入園費是一百五十日圓。

庭園美侖美奐，池子裡有大型鯉魚悠遊，和母親一起來的孩子們正開心地丟飼料餵魚。我曾參加過兩次在這裡的「涼亭」舉辦的俳句會。涼亭後方也有亭子，那裡的廣場稱為自由廣場，花菖蒲田每逢五月到六月就會開滿美麗的花。

我坐在長椅上，朝池子的方向望去。聽說這座庭園裡的石頭全都是岩崎家的汽船從全國各地載運而來的。根據導覽手冊記載，有伊豆磯石、伊予青石、生駒石、伊豆式根島石、佐渡赤玉石、相州真鶴石、備中御影石、加茂真黑石、京都保津川石、讚岐御影石、根府石……等等。我實在不懂石頭，無法再說更多了。

也將清澄的地名由來寫下吧。寬永六年（一六二九年），有八個男人來到這一帶開拓潮間地。其中一個男人名叫彌兵衛，原本的地名取自他的名字，就叫彌兵衛町。元祿八年（一六九五年）進行全國稅務調查時改為清住町。聽說清住是彌兵衛的姓。昭和七年，伊勢崎町、西大工町、裏大工町與仲大工町四地合併，改稱清澄町[4]。平賀源內（一七二八～一七七九年）的靜電實驗就是在這塊土地上進行的。

朝門前仲町的方向走。最近接連幾天都是晴天，櫻花花瓣四處隨風飛舞。

4　日文中清住與清澄發音相同。

板橋一帶

高中三年級時，坐我隔壁的是一個叫宮戶川的男生。這名字聽起來就像相撲力士引退後成為年寄親方[1]取的名字。宮戶川親方，聽起來挺有模有樣的吧。我倆個性雖然不同，或許因為我們都來自只有母親的單親家庭，不知不覺變成了好朋友。他擅長數學（我數學很爛），我的英文成績還不錯，經常互相幫忙對方作弊。當時的作弊，是我們一起反抗學校權威的友情證明。

宮戶川家住板橋，每天從那裡通學。

「板橋是個什麼樣的地方？」

我曾這麼問他。

「超鄉下的地方喔。」

雖然宮戶川這麼說，還是邀我去他家一次。那確實是個鄉下地方，通往他家的路兩

旁都是田。

這次散步的地點就決定是這樣的板橋。板橋區在東京二十三區中位於西北邊，鄰接埼玉縣。「板橋」這個地名的由來大概可回溯到八百年前，石神井川上的橋以木板搭建而成，板橋因此得名。

說到板橋，腦中第一個浮現的就是昔日這塊土地上「江戶四宿」（千住、品川、內藤新宿、板橋）之一的板橋宿[2]。江戶時代，過了日本橋，中山道上的第一個宿場就是板橋宿。許多離開江戶的旅人，都會在這裡與送行的人道別。

由於經常出現在各種遊記之中，板橋曾是歷史上的板橋宿這件事為人熟知。在這些遊記中，《毛武遊記》就曾提到幕末畫家渡邊崋山與國學家生田萬在板橋宿相遇的事。

天保二年（一八三一年）十月十一日，崋山為了和嫁往上州桐生的妹妹見面而離開江戶，於中午時抵達板橋宿。原本和他相約此地碰面的對象沒有出現，獨自吃過午餐後便打算繼續趕路。在志村坂找人借火點菸時認識了一名武士，兩人決定結伴同行。武士沒有剃月代頭，將所有頭髮後攏梳成髮髻，鼻樑高挺，生得一張長臉。

1 力士退休後若由相撲協會認定成績優秀，可獲得「年寄」身分成為「親方」，開設「相撲部屋」招收弟子。

2 「宿」指的是後文中提到的宿場，相當於古代的驛站或現代的休息站或服務區。

板橋車站西口的「連枝櫸木」
江戶時期板橋宿已有名勝「緣切榎」
或許是為了與其對抗而特地栽種的吧

明治十八年創業的
「藤澤屋」購入
名為「板橋」的
日本酒

這瓶則是標榜
板橋在地酒的
日本酒
「二輪草」
名字很吸引我

武士告訴崋山自己是上州館林人，雖然曾經跟隨藩主，但對方亡故，因而成為浪人。由於在江戶的生活過不下去，現在正要前往上州太田。最令崋山感興趣的是，這名武士提起自己在江戶時師事國學家平田篤胤，受到篤胤很大的感化。

多了一個好旅伴，使崋山忘卻雨中趕路的辛苦。兩人很快就過了戶田與蕨。抵達浦和後，武士表明旅途勞累，決定找個旅店休息。崋山與人有約，無論如何都必須繼續趕往鴻巢，儘管崋山原本希望能在鴻巢與武士徹夜促膝長談，兩人只得在此分別。後來他們終生未再見面。十年後，崋山因憂國憂民而死，這一段就是家喻戶曉的歷史了。至於和崋山結伴趕路的這位武士生田萬，則在天保八年襲擊越後柏崎代官所失敗後自盡。兩人在板橋相遇時，崋山三十九歲，生田三十一歲。

另外，只要一提起板橋就會浮現腦海的，終究還是在這塊土地上終結一生的新撰組局長近藤勇吧。

幕府末期的近藤勇事蹟人人耳熟能詳，在此就不多著墨。為了阻止新政府軍進兵甲府，新撰組組成甲陽鎮撫隊展開進擊，在勝沼一役中慘敗，撤退回江戶。為了再次起義，近藤與土方歲三以下總流山為大本營，卻遭新政府軍包圍，近藤原欲切腹自盡，在土方拚命阻止下終未赴死。最後近藤勇獨自投降，此時他自稱大久保大和。

近藤勇於慶應四年（一八六八年）四月二十五日遭處斬首之刑，享年三十五歲。處刑後，以當天日期立了一座小墳。之後到了明治八年（一八七五年），昔日新撰組隊士永倉新八在墓旁重設一座新撰組慰靈碑，將局長近藤勇及副局長土方歲三的名字並列刻於正面。大正十四年（一九二五年），隨著中山道的整修，墓地遷移至現在的板橋車站東口，現在這裡便被視為近藤勇墓地所在之處了。墓碑上刻有「勇生院投光放運居士近藤勇宜昌」的文字。近藤墓碑對面左側是永倉新八之墓。

從新宿搭ＪＲ京埼線的我，一在板橋車站下車就馬上走出東口，到近藤勇墓碑前站了一會兒。四周樹木環繞，不見人影，甚是冷清。

在京都巷弄裡浴血奮戰的近藤勇，恐怕做夢也想像不到自己會在江戶西北方的板橋宿迎向人生終點吧。對新撰組迷來說，這裡或許是一個聖地。

說是說板橋宿（板橋一丁目～四丁目、仲宿、本町），其實整個宿場分成三部分

（三個「宿」）。從江戶方向過來第一個遇到的是平尾宿（板橋一丁目～四丁目），接著是中宿（仲宿），再來是鄰接石神井川的上宿（本町）。三宿總稱板橋宿。我從JR板橋車站出來後，首先從平尾宿進來，再往中宿方向走。這一帶過去雖然叫做平尾宿，地名裡已幾乎看不到平尾兩字（唯一留下的只有「平尾派出所」），都用板橋取代了。

朝仲宿方向前進，過了平尾派出所前的馬路，左手邊就是東光寺。我之所以想順便進去看看，是因為聽說戰國大名宇喜多秀家之墓就在這裡。沒什麼好隱瞞的（也沒必要隱瞞），其實我是個宇喜多秀家迷。

宇喜多秀家以西軍副主將的身分，在關原合戰中與大谷吉繼對峙。當得知遭小早川秀秋背叛時，秀家大喊「我要殺入小早川陣營砍了秀秋！」被家臣明石全登阻止。這一幕，光是想像就躍然眼前。合戰結果西軍落敗，秀家先逃往伊吹山中，後流亡薩摩投靠島津義弘。這前後的歷史似乎可以寫成一部逃亡小說。

近藤勇之墓
後方都是
高樓大廈
中央是新撰組慰靈碑
小小的近藤勇石像

左側是新撰組
二番隊隊長
永倉新八之墓
位於東光寺內的
宇喜多秀家之墓
秀家是第一個被
流放八丈島的人
八丈島的
宇喜多秀家墓
據說左邊的小墓碑
是當年的墓石。

實際上
觀明寺內有
都內歷史最久
的庚申塚
前有紅色山門的觀明寺

不久，島津氏庇護秀家的事傳了開來，島津忠恒（義弘之子）遂將秀家交給家康。秀家因而遭流放八丈島，在那裡度過餘生。不過，他被交給家康時，一直跟著他的兩名家臣則轉為跟隨島津家，其中一人叫本鄉伊予（在自稱本鄉前原名玉川伊予），他是薩摩日置流弓術的始祖。

我喜歡的歷史小說家瀧口康彥著有短篇小說《白梅月夜》，主角正是本鄉伊予，內容讀來相當動人。雖然不是針對秀家所寫的小說，書中透過對伊予的描寫，也能充分了解秀家的為人，是一篇精湛出色的短篇小說。

位於東光寺的宇喜多秀家之墓，據說是明治維新大赦後，解除流放之刑回到東京的宇喜多一族在此建立的。這裡的秀家墓是一座經過變形的五輪塔，我曾前往八丈島參拜秀家之墓，那裡的五輪塔保持了真正五輪塔的形狀。

到了板橋宿（過去的平尾宿），從觀明寺山門及平尾脇本陣遺址前走過。這裡已經完全不見昔日驛站的樣貌與氛圍，也沒看到美女。過了與王子新道的交叉口，前方就是仲宿，江戶時代宿場的重要設施幾乎集中於此。此地有一間遍照寺，現在寺院境內的這片土地，在宿場時代原是馬廄，圈養供幕府公務使用、傳送公文書的驛馬與接力馬匹。

板橋宿本陣遺址[3]現在成為一間叫「LIFE」的超級市場。昔年的板橋宿本陣由飯田新左衛門家等數家經營，其中飯田家在大坂之陣時曾侍奉過豐臣家，後來不知如何演變，從現今板橋區中台村轉移到下板橋村一帶，開發當地成為名主[4]。查了一下，發現這飯田家還相當複雜，成為名主的飯田家另有分家，分家才是經營本陣的飯田家。不管怎麼說，兩個飯田家同心協力，以中山道板橋宿為中心經營仲宿。這一帶有一座真言宗

大正時代就有的「花之湯」澡堂
花の湯
澡堂特有的唐破風建築值得一看

豐山派的文殊院，是本陣飯田家的菩提寺。

我在過去的板橋宿本陣遺址，也就是現在的「LIFE」超市門口和小松昭子（假名）見面。剛才在板橋車站時已先打了電話給住在「LIFE」後方公寓裡的她。

「你竟然會到這種地方來。」

「高中之後就沒來過了，當時這裡都是田，變化真大。」

小松昭子今年四十歲，是一位非常美麗的女性。就算已經四十歲也還比我年輕將近三十歲。身高一百六十

3 日文中的本陣原本是大將本營的意思，若用在宿場則指專供大名諸侯住宿的高級旅店。

4 為公領或莊園領主經營名田，對領主納貢的階級。

三公分的她體態看來還很年輕，如果說她是現在流行的「熟女」，那就是個超一流的熟女吧。離過兩次婚這點更增添她的魅力，目前單身。

大約十年前，小松昭子在我朋友開的畫廊工作。我猜從白百合學園之類學校畢業的她，大概沒想到畫廊這種地方的工作會那麼辛苦吧。後來她承受不住工作壓力，加上丈夫暴力相向的情況愈來愈嚴重，終於走上離職與離婚的道路。聽說直到現在仍不時得去精神科接受治療。這樣的她有時會寫電子郵件給我，如今我們保持大概一個月一起吃一頓晚餐的交情。也會和一般朋友一樣去喝兩杯，最重要的是，能和這麼美麗的人一起去喝酒，店老闆都很羨慕我。

「我這人就是M。」

「誰問妳這個了？」

說起這個話題，她就會笑得很開心。

「如果妳真的那麼M，前夫打妳不是應該很高興嗎？」

「不是這樣的，M追求的形象不是那樣。嗯……該怎麼說才好呢。」

成為板橋地名由來的「板橋」
石神井川從橋下流過
右邊的標註上寫著「距日本橋
二里二十五町三十三間」

那恍惚的神情真教人受不了。

她父親在濱松市有自己的事業，現在她住的公寓就是父親為了到東京時有地方住而買下的。

我們兩人一起走過石神井川上的板橋。前面也提過，板橋這地名的由來就是這座橋。從鎌倉時代到室町時代的古書中已可找到這座橋的名字。江戶時代，橋名成為宿場的名稱，到了明治時代又成為町的名稱。昭和七年（一九三二年）東京市擴大，板橋區誕生時也沿用了這個名字。

江戶時代的板橋是木板製的拱橋，據說長約九間（十六點二公尺），寬約三間（五點四公尺）。

石神井川靜靜流過，這條靜謐的河流上方是一片濃密的遮天綠葉。

因為有點累了，我們走進板橋附近的咖啡廳。不是現代流行的那種咖啡店，一看就是從前「喫茶店」的風格，很對我的胃口。

「你今晚怎麼打算？」

小松昭子說。

「今天收集資料的行程結束後，我想直接回家。」

因為還有很多工作等著我，我不假思索地說出內心的想法。

「不到我那裡坐坐？」

她這句話使我怦然心動。

「我煮點什麼給你吃。」

這麼一說還真令我為難，今天都已經決定要直接回家了啊。

「板橋是個好地方，給人一種溫暖的感覺，我下次還想再來。」

「到時候一定要聯絡我喔。」

這時我們已經走過仲宿，來到上宿了。

走到板橋大木戶遺址前，她說：

「最好不要兩個人繼續往前走，那裡有緣切榎[5]。」

「有緣切榎啊，那可真不妙。」

5　榎，是一種樹木。緣切榎為供奉榎的神社，祈求斬斷孽緣。

我們在板橋大木戶遺址掉頭，回到「LIFE」超市後道別。我心想，下次不知道什麼時候會來板橋呢。心中不經意浮現「板橋之女」這個詞，應該是演歌歌名之類的吧。精神不穩定的「板橋之女」。心頭的情緒突然有些複雜。

仲宿舊中山通上的老商家

八王子一帶

算算大約是三十年前左右的事了。我接下旅遊雜誌的工作，前往九州久住高原四處探訪溫泉勝地。當時久住山頂有個茶屋，我和計程車司機一起在那裡吃咖哩飯。

山上氣候變化大，明明不久前還是晴朗的天氣，放眼望去一覽無遺的周圍群山漸漸被一層霧靄籠罩，變得朦朧難辨。

「司機先生，要不要喝杯咖啡？」

「好的，請給我一杯咖啡。」

推測大概出生於大正年間的司機先生禮數周到地回應。我點了兩杯咖啡。

「我年輕時待過滿州，那裡的霧靄也很濃。」

「滿州？是隨軍隊去的嗎？您曾經隸屬關東軍？」

「是的。我們待在蘇聯國境處，蘇聯軍一來就被送去西伯利亞了。昭和二十三年好

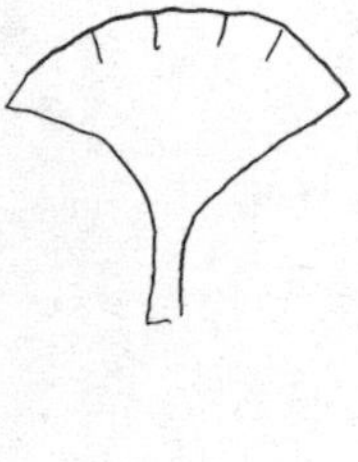

JR八王子車站前
完全變成大都會的樣子

不容易才回來。」

喝完咖啡後，我們的車奔馳在霧靄濃重的高原高速公路上。司機先生繼續與我分享他的滿州經驗談，我一邊不時搭個腔，一邊眺望車窗外霧靄中宛如X光片一樣朦朧的風景。

「我們身為國境警備隊……」

國境警備隊。這浪漫的發音一直在我心中縈繞不去。

這次會想來八王子散步，正是因為「國境警備隊」這個詞已在我腦中牢牢生了根的緣故。雖然不知道會不會遇到美女，總之我從新宿車站搭上JR中央線往高尾的中央特快電車，朝八王子出發。

大概已經二十年沒有在八王子下車了吧。車站裡多了SOGO百貨，變得和過去完全不一樣了。從前來的時候北口廣場還有寫著「織物八王子」的高塔招牌，形狀就像一支巨大的蠟燭。

八王子的地名似乎來自祭祀牛頭天王八位王子的八王子權現神社。八王子權現是八王子城主北條氏照的守護神。

從八王子車站走到甲州街道，這附近的地名是橫山町，推測由來應該是昔日武藏七黨之一，武力強大的橫山黨。原想沿著甲州街道走到路旁銀杏成行的追分町，因為天氣實在太熱而斷念，在車站前搭了公車，決定姑且先到瀧山城址下。公車朝八王子車站北方開去，我在城址下下車。從公車站右轉往上爬十分鐘就能來到瀧山城遺址。瀧山城是國內少數戰國期平山城遺跡之一，目前包括城址和加住丘陵在內，屬於都立瀧山公園的一部分，是國家級的指定古蹟。

瀧山城沒有一般城址常見的石牆白壁，而是利用自然地形，鑿山削土打造而成的。

我曾見過這座城的古地圖，東北側有一斷崖，下方有多摩川流過，就軍事角度而言也是極難攻破的要塞。據守這座城的是北條氏康的第三個兒子氏照。城下町[1]的範圍包括橫

從中之丸通往本丸的開閉橋
已經過修復（瀧山城遺址）

瀧山城本丸遺址之碑
這座城的城下町是現今八王子的發源地

1 城主領地內，城民生活的區域。

山、八日市與八幡（町名皆保留至今）三宿。

站在從第二道防線「二之丸」到核心堡壘「本丸」之間的千疊敷廣場上，四處被蟬鳴聲籠罩。

氏照的瀧山城曾於永祿十二年（一五六九年）時遭甲斐的武田信玄、勝賴父子強襲猛攻。武田軍雖半途撤退，此一戰役仍令氏照察覺西側防禦上的弱點，於是將主城移到西南方山間的八王子城。

回到八王子車站，搭上計程車，目的地是甲州街道進入追分町的十字路口。

在計程車裡，我想起剛從紐約回國就職時那家出版社的上司M先生。

大正十一年十二月二十八日，我誕生於八王子。

這是M先生自費出版的自傳開頭。M先生個子雖小目光卻炯炯有神，令人聯想起古代的武士，麻將實力很強但不喝酒，跟從沒打過麻將又愛喝酒的我剛好相反。雖然除了工作之外沒有私下的交情，他在各方面都很照顧我。

M先生的自傳從描寫八王子開始。簡潔的文體訴說昔日被稱為桑都的八王子閒散時代的風光。書中寫到當時甲州街道旁還有不少老商家，古代宿場町的面貌歷歷在目。從大道走進街路之中，有許多紡織工廠「機屋」、撚線工廠「撚屋」以及染色工廠「染屋」。這樣的八王子街道，在昭和二十年（一九四五年）八月二日的空襲之後完全變了。就算沒有空襲，今日的八王子也看不到當年M先生描繪的情景了。

或許不該多說這個，但根據M先生的自傳，他似乎是父親小老婆的孩子。父親的家在新宿，偶爾才來八王子。一想到八王子也有這樣的女性，忽然覺得這個地方變得嬌媚起來。新宿與八王子，這距離或許剛剛好。

我在進入追分町後下了計程車。如名稱所示，街道在這裡一分為二，往右是陣馬街道，往左是甲州街道。兩條路的分歧點立有八王子千人同心屋敷遺址紀念碑。甲州街道知名的銀杏行道樹枝葉繁茂，看似綿延無盡。

接著走進千人町。進入關東後，德川家康表示要讓這裡成為八王子千人同心町，並

正面看得見山

八王子甲州街道知名的
銀杏行道樹，秋天時一片黃葉
值得一看

ブティック
原宿ファッション
店名叫作
原宿時尚喔~

也有這樣的服裝店
為什麼店名要用原宿呢
（也不是不行啦）

當作江戶西部國界線上的國境警備隊屯駐地。

開頭提到在久住高原上搭計程車時，從司機先生口中聽到「國境警備隊」這個字，當時內心同時浮現的就是這個千人町。

千人町這個地名來自八王子千人同心隊。在德川家康進入關東前的天正十年（一五八二年），為了禮遇被織田信長殲滅的武田家遺臣，將國境警備的工作交給他們。後來北條氏被豐臣秀吉所滅，家康進入江戶城後又任用了北條家遺臣。選出武田、北條各五百遺臣，組成同心隊[2]。兩家遺臣務農的同時也被要求具備文武能力，在軍農分離的時代實為特殊存在。擅長長槍的武田遺臣們在關原合戰時以東軍身分參戰，運用信玄傳授的甲州陣法，在戰場上大顯身手。在後來的大坂冬之陣與夏之陣中也分別立有戰功。

文祿二年（一五九三年），千人同心隊得到八王子千人町做為屯駐地。同心隊以百人為一組，總共十組，各組設一名「千人頭」領導，擔任千人頭者在千人町可拜領屬於自己的屋邸。千人頭下還有一名「十人頭」，也稱為「組頭」（他們也可拜領屋邸）。千人頭是直接隸屬幕府的武士，俸祿雖沒有其他旗本[3]多，但精神上往往以直屬家臣的身分

2 官職的一種，職責為維護治安，相當於今天的警察。

3 一般指接受主君指揮的直屬部隊家臣。

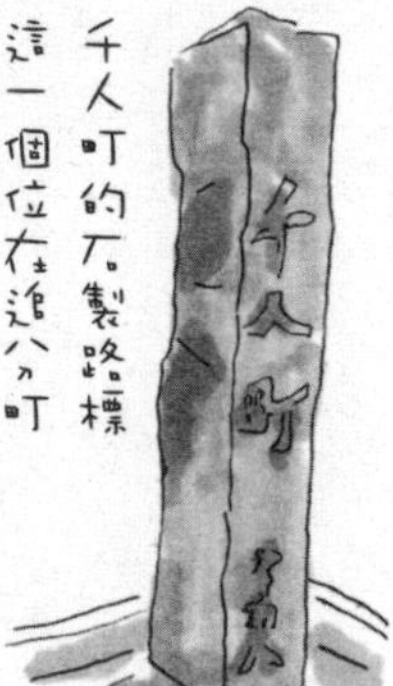
千人町的石製路標
這一個位在追分町
甲州街道和陣馬街道
在此分道揚鑣

知了
知了
知了
八王子千人同心屋敷遺址碑
位於甲州街道及陣馬街道的
分歧點

為豪。

千人同心立下各種功績，承應元年（一六五二年）受命負責日光（東照宮）的消防工作。在他們的守護下，當地直到幕府末期都不曾受火災所害。此外，寬政十二年（一八〇〇年），千人頭原半左衛門胤敦奉幕府之命開拓蝦夷地之事也為人所熟知。

不過，若讓我多嘴說一句的話，儘管家康不吝起用遺臣，實在很難不認為他只是讓那些人為他做牛做馬而已。

對了，千人同心家系的後人還出了江戶風俗、文學考證界的第一人三田村鳶魚，以及身為新撰組一員而活躍的中島登。中島登生於八王子在寺方村，據說是天然理心流[4]的高手。他畫的新撰組隊士肖像，連我這個插畫家看了都不得不佩服。如果生於現代，說不定他會是個大受歡迎的插畫家。

從甲州街道往內一踏入千人町，立刻就是一片安靜的住宅區。在高照的豔陽下，路上沒有半個人影。中午還沒吃的我，盤算著吃什麼好時，看見一間名為「奈央屋」的咖哩店，進去吃了蔬菜雞肉咖哩（五百日圓）。這麼熱的天氣，唯一吞得下去的只有咖哩

4 幕府末年因新撰組而廣為人知的劍術流派。

了。話是這麼說，在千人町吃咖哩剛剛好。

千人町離西八王子車站很近，從哪裡搭計程車直奔八王子城遺址。明明是美女散步卻變成城址巡禮真是非常抱歉，總之我就是去了。

八王子城是戰國末期，以八王子市西側深澤山（標高四百六十點五公尺）為中心築起的廣大山城，也是關東的名城之一。城主是從瀧山城移居此地的北條氏照。一般認為築城的時間是天正五年至六年（一五七七～七八年）之間，但沒有確切實證。

出自千人同心家系的
新撰組隊士中島登
筆下的土方歲三

二十年前，我曾爬上這座城址一次，當

時這裡還是什麼都沒有的山地。站在山頂遠望八王子街區時，身邊突然出現一隻德國狼犬，嚇得我魂飛膽裂，留下難忘的痛苦回憶。我是世界級的怕狗，只有狗千萬不要靠近我，拜託了。

天正十八年（一五九〇年），做為豐臣秀吉征伐北條的部分軍隊，北越支軍上杉及前田聯合軍展開強襲，八王子城因而陷落。當時城主氏照在小田原城，但這邊後來也被攻陷，氏照在秀吉命令下切腹自盡。以戰國之雄北條早雲為始的北條氏只傳了五代，就此結束一百年的歷史。

據說當時戰況激烈，其中尤以守護八王子城的中山勘解由左衛門家範，最是英勇奮戰。家康眼光獨到的地方就在於找出中山家範的遺子，並任用他們為家臣（長男照守官拜御旗奉行，次男信吉後來亦推舉德川光圀為第二代水戶藩主）。

以前什麼都沒有的八王子城遺址，現在已經將御主殿和登城虎口等修復得很氣派了。正準備要登城，腳才剛踏上石階，背後就傳來一群人的聲音，其中有個女人叫住了我。

因為太熱而（在登山口）猶豫
要不要爬上八王子城遺址的水丸

「安西老師，好久不見。我是在日藝修過老師課的尾崎。」

我馬上就想起來了。她是我在日本大學藝術學部當講師時的學生，尾崎直子（假名）。

「妳在這裡做什麼？」

「我才想問老師為什麼會在這個地方呢。」

原來她在附近的美術大學當研究員。我辭去大學教職已將近二十年，這麼說來她也快四十歲了。在當時的學生中，尾崎特別可愛。我和畢業後的尾崎直子吃過好幾次飯，忘了第幾次的時候，我提起最近過世不久的小松左京先生。

「我一個人在壽司店吃東西的時候，小松左京先生帶了個年輕女人進來。她坐在我旁邊的位子，換句話說，等於坐在我和小松先生中間。小松先生點了熱清酒，為她斟入酒杯。當時她說的那句話啊，我永遠都忘不了。她說真不敢相信老師竟然幫我斟酒，我

知了
知了
八王子城遺址
在本丸遺跡上
留下一座破祠堂
好孤單喔

好像在做夢。那天是女人大學畢業的日子，她是小松先生的學生。」

在我說完這番話後，尾崎直子說的話也令我至今難忘。

「安西老師，我還不是一樣，記得嗎，你第一次邀我去四谷荒木町喝酒時，也幫我斟了酒。那對我來說也像是做夢一樣的事。」

尾崎直子唸大學時從千葉通學，服裝品味很好，比起插畫更擅長漫畫風格的作品。畢業典禮那天，結束謝師宴後，她從背後追上正要離開的我。

「老師，還能再見面嗎？」

我笑著點頭。她後來任職於動畫製作公司，幾年後調到甲府分公司。

「那妳現在住在八王子嗎？」

「不，我從國立通勤。」

天氣實在太熱了。我現在非常能理解小說《異鄉人》主角莫梭朝阿拉伯人開了五槍的心情。頓時不想登上八王子城遺址了，我抬頭仰望夏雲飄過的天空。

修復過的御主殿遺址
登城虎口
尾崎直子就是在這裡叫住我的

上中里、王子一帶

算算也是七年前左右的事了吧，我接下某登山雜誌的工作，內容是在東京都內到處爬山。從愛宕山（愛宕神社）出發，先走到位於新宿區戶山的箱根山，再往北區的飛鳥山走。小時候曾去愛宕山做過新年參拜，箱根山（我連東京有箱根山都不知道）和飛鳥山則是第一次去。其中尤其是飛鳥山所在地的北區，我平常根本沒有機會到這一帶去。想起七年前第一次去飛鳥山，山附近一座飛鳥山公園，氣氛相當不錯。名字也取得很好。飛鳥山標高二十七公尺，據說是江戶時代著名的賞櫻勝地。

看看北區地圖，飛鳥山公園離JR京濱東北線的上中里站很近。對著攤開的地圖，我忽然想起三原和美（假名）的事。她是我大學一年級在銀座的百貨公司打工時認識的女性。當時我在倉庫做配送工作，她在本館六樓的和服賣場上班。在員工餐廳吃飯時，我將桌上的筷子盒拿給她，兩人就這麼認識了。工作結束之後，我們經常去百貨公司左前方的咖啡廳「巴西」聊天。

百貨公司的和服賣場通常不會任用年輕女店員。三原和美當時應該三十五歲左右吧。她臉型長，體型清瘦，穿起和服很好看。就現在的眼光來看，三十五歲還很年輕，對當時的我來說，三十五歲已經是阿姨了。畢竟那時我才十九歲。

「你說我家嗎？我住在北區的上中里。」

我問她家住哪裡時，她是這麼回答的，但我連那是哪裡都不知道。不管怎麼說，我第一次聽到上中里這個地名，就是出自她的口中。

我們經常聊電影。到現在還記得很清楚，三原和美曾說過這番話。

「我不是住在北區嗎？『北』在日本給人的印象似乎不太好。失敗的時候也會說是『敗北』對吧？在日本做了壞事的人，多半都會往北方逃。如果是在美國，總覺得北方給人的印象還不錯。比起南軍，北軍做的事好像比較正確，看西部電影時，做了壞事的人也通常都往南方逃。」

我心想，原來如此。我從來沒有在腦中想像過北區這塊土地給人什麼樣的印象。

這次散步的地點，就決定是這樣的北區街道，從上中里到王子一帶。令人發狂的秋老虎已遠去，這天是個秋高氣爽的好日子。

在京濱東北線上中里站下車。不用說，當然是第一次來。出了剪票口，從正面廣場沿著緩坡往上走。這道緩坡好像叫「蟬坂」。原本的名字是「攻坂」[1]，據說曾是豐島氏與太田氏的攻防之地。走到蟬坂最上方，往右就能看見平塚神社的鳥居。

曾住在這塊土地上的城官山川貞久，在德川三代將軍家光生病時，向平塚明神祈求保佑。家光康復後，山川貞久捐贈了

距離JR線上中里車站約七分鐘
祭祀源義家（八幡太郎）的
平塚神社

我不知道這裡有
地震科學館
從平塚神社
走過來
只要
五分鐘

五十石地做為神社領地。此外，從這一帶的小名（於村或町內另行劃分的區塊）叫角櫓，橋叫外輪橋，坡道叫蟬坂（攻坂）看來，應該就是過去平塚城的遺址了。平塚城原屬豐島氏，後來被太田道灌攻陷（雖然對這座城的歷史很感興趣，但得先往前趕路了）。

前往平塚神社參拜，沿著本鄉通往舊古河庭園走。約莫走個十分鐘就來到舊古河庭園了。因為天氣好，出來走走的人也多，其中很多中年婦女團體。

舊古河庭園可說完美運用了武藏野台地斜面與低地的地形。配合建築的特徵，將西式館邸建在北側小高丘上，西式庭園蓋在斜面上，

1 日語中「攻」與「蟬」發音相近。

日本庭園設置在低地。這裡原本是明治時代政治家陸奧宗光的別邸，因為宗光的次男後來成為古河財閥的養子，庭園也就成為古河家的資產了。如今看到的西式館邸與西式庭園，是由明治到大正年間設計過鹿鳴館、尼古拉堂、舊岩崎宅邸等西式館邸，對日本建築發展多所貢獻的英國建築師喬賽亞·康德（Josiah Conder）所設計。此外，日本庭園的創作者則是人稱植治的京都園藝師，第七代小川治兵衛（一八六〇～一九三三年）。日本庭園景緻引人入勝，魅力不輸西式庭園。

舊古河庭園於平成十八年（二〇〇六年）一月二十六日獲指定為國家名勝。西式館邸現在正值薔薇盛開的季節，園內開滿各式薔薇，爭奇鬥艷。雖然沒遇到堪稱美女的美女，至少能夠享受隨風飄散的薔薇花香。

為了前往王子車站，我沿本鄉通走向地下鐵南北線上的西原站。途中看到右手邊有「地震科學館」，在這之前從未耳聞。我繼續往前走，從西原郵局旁左轉進去就是「東京歌德紀念館」。這是一間藏書七萬冊，並收藏有十五萬件附屬資料及超過一百六十張文獻卡的資料館。創立者粉川忠先生十八歲讀了歌德的《浮士德》深受吸引，開始徹底收集歌德的相關文獻。真是太厲害了。我高一時在姊姊推薦下痛苦萬分地讀了《少年維特的煩惱》，根本看不懂，一頭霧水。我這人雖然喜歡畫畫，但是對藝術和文學一竅不通。先前某報向我邀稿，題目是關於自己不喜歡的詞彙。當時我選的詞彙就是「藝術」。若讓我多說幾句的話，我最討厭自稱藝術家的那種人。割下自己耳朵的畫家什麼的，除了噁心之外沒有第二句話。如果有人命令我在人前配合音樂作畫，等於宣判我死刑。要是父母這麼做的話，我就去自殺。總之那篇文章就是寫了這些內容。刊登出來那天，早上收到報紙時我還有點擔心是不是說得太過分了（我本來就是個膽小鬼）。不過，這樣的我收到了敬愛的前輩，也是插畫界大人物的和田誠先生傳來的傳真。

讀了那篇文章，寫得很有趣，我也有同感。

傳真上這麼寫著。太好了，我鬆了一口氣，心裡很高興。

一邊想著這些事，一邊已不知不覺走到地下鐵南北線西原站了。從這裡搭車，下一站就是王子。

沿著地下鐵王子車站的階梯走出地面時，秋天舒適的陽光正好灑落。時間剛過中午，我走進JR線高架橋下的「Tagen」咖哩店，吃了香辣雞肉咖哩。口味對我來說不夠重，但年輕的服務生相當可愛。白色襯衫搭配纏繞在纖細身體上的可可亞色沙龍圍裙，很適合她。

「妳住在王子嗎？」

結帳時我忍不住這麼問。

「我住名主瀑布附近，從那邊通勤。」

「離這裡遠嗎？」

「是啊，有點距離。我都騎腳踏車上班。」

個性看來也很好。不枉費我來王子這一趟。

王子這個地方曾經稱為岸村。十四世紀時的領主豐島氏和紀州淵源很深，在這裡祭祀熊野權現的若一王子，神社的名稱為王子權現社，地名也因而改稱王子村。附帶一提，我等一下要去的飛鳥山公園和飛鳥山的名稱，也是因豐島氏在那裡祭祀紀州新宮的飛鳥明神而得名。

飛鳥山一帶到江戶中期都是旗本領地，德川吉宗（第八代將軍）進獻給王子權現神社並在此廣植櫻樹後，這裡就成了知名的賞櫻勝地。山上有塊「飛鳥山之碑」，因為碑文艱澀難懂，據說有人為此做了這麼一首川柳[2]。

2 日本詩的一種。形式同俳句，唯歌詠對象以人、事為主。

還以為，石碑寫的是，別亂摘花。

滿幽默的。

穿過JR線高架橋下，右手邊有間叫「LONDON」的愛情賓館，左手邊是以玉子燒聞名的「扇屋」攤車。直接往前走則會通到「音無親水公園」。這裡昔日有石神井川流過，經整修建造成公園。石神井川流到北區附近後人稱音無川。我雖是第一次來，不過這裡似乎自古以來就是風景優美的休閒勝地。園內重現了從前的「權現瀑布」和木製「舟串橋」等景物，也有水車和石燈籠，有人在涼亭或石頭上邊吃便當邊看書。儘管造景有些人工味，但氣氛倒是不錯。

沿著音無川散步，前往王子神社參拜。不愧是暴坊將軍（吉宗）進獻過的飛鳥山神社，外觀莊嚴端正。這間神社每年八月上旬舉行祭禮，名稱好像叫作「王子之槍祭」。符紙賣場售有矛槍造型的御守，看起來很帥。據說有開運消災的效果。

走出本鄉通，進入飛鳥山公園。本文開頭提過，這是我第二次來這裡。因為是以自

流過音無橋下的音無川

音無川上的木製舟串橋

帶著狗的美女和怕狗的水丸（在飛鳥山公園）

然山林打造的公園，園中樹木欣欣向榮。我坐在長椅上，凝望從搖曳的枝葉隙縫灑下的陽光。帶著小孩的年輕母親與正在遛狗的老人從身邊走過。今年春天東北大地震，許多地方正為震災所苦，眼前的東京卻是一片祥和光景。

我出神地盯著花草市集看了一會兒，這才起身前往「王子稻荷神社」和「名主瀑布」。

從本町通走進岸町，岸是王子的古名。好像是因為這一區位在荒川岸邊，所以才叫了這名字。附近

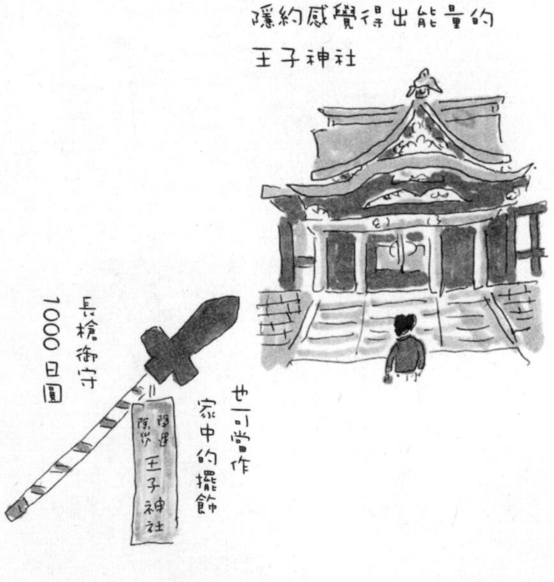
隱約感覺得出能量的
王子神社
長槍御守
1000日圓
也可當作
家中的擺飾
王子神社

有看來歷史悠久的鰻魚餐廳，沿街走走逛逛甚是有趣。令我吃驚的是澀谷百軒店的老牌咖哩屋「Murugi」在這裡也有分店。我猜知道這件事的人恐怕不多。繼續往前走，看到掛著「名代久壽餅」門簾的店，就順便走進去看看。因為看起來很美味，我買了葛餅和名叫「音無之露」的水羊羹。

沿左側的稻荷坂往上就是王子稻荷了。王子稻荷下面有個「稻荷幼稚園」，學童們正在練習運動會的項目。從江戶時代開始，人們相信王子稻荷是保佑出人頭地的神社，吸引許多武士前來參拜。當時從飛鳥山到音無川、王子權現神社形成擁有五十四間料理茶水店及三個射箭場的觀光地區。經歷明治、大正、昭和三個時代，直到戰前還依稀留有昔日風貌。可惜的是，從前那條熱鬧的王子稻荷參道，如今只成了一條寂寥的通道。

最後，終於要前往這次散步的終點「名主瀑布」了。

「名主瀑布」現在已經變成「名主瀑布公園」了。嘉永年間（一八四八～一八五四年），王子村的名主畑野孫八利用地形之便，在他的私人宅邸境內開鑿瀑布，栽培茶樹，打造成一般人可前往避暑的設施。安藤廣重曾將園內的「女瀑男瀑」畫在《繪本江戶土產》中。

「名主瀑布」這名字也取得好。明治中期，這裡的所有權從畑野家轉移到貿易商人垣內德三郎手中。垣內模仿自己喜愛的鹽原（栃木縣）風景，加入庭石、種植楓樹、開鑿溪流，成為具有幽谷風情的庭園，並提供一般人入內參觀遊覽。後來庭園被東京都政府買下（一九五九年），現在是區立公園。不管怎麼說，古時候的有錢人真的很了不起。

我深深喜歡上這個公園，還和正在打掃落葉的工作人員寒暄。男瀑落下時頗有磅礴氣勢，我坐在石頭上聆聽水聲。多麼令人心曠神怡的水聲啊，以後可以找時間常來。

王子子育地藏尊
隱身於
大樓之間

名主の滝公園
名主瀑布公園入口氣派
感覺真不錯
在男瀑

2012年

青梅一帶

俳人中村草田男有一句「雪中憶明治，驚覺昔日已遠去」非常出名。聽說草田男畢業於青山的青南小學校，學校附近本來有刻著「雪中——」俳句的石碑，不知道為什麼最近都沒看見了。

草田男吟的是「驚覺明治昔日已遠去」，換成是我，每天都在「驚覺昭和昔日已遠去」。

前幾天我抽著雪茄發呆時，腦中忽然想起青梅這個地方。忘了在哪本雜誌看到的，說舊青梅街道旁有棟老建築，店頭掛著手繪電影看板，裡面是展示著復古懷舊的昭和時期生活用具和包裝的博物館。雜誌上刊載了電影看板的照片，那是我小時候每天傍晚聽的NHK廣播劇《新諸國物語》中《笛吹童子》和《紅孔雀》拍成電影時的看板。我特別喜歡這兩個系列，兩部都由中村錦之助（後來改名為萬屋錦之介）和東千代之介合

從御岳溪谷看上去的御岳橋

演。其中我最喜歡的就是《紅孔雀》，那雖是漫畫風格的娛樂作品，劇本還是寫得縝密合理。錦之助扮演的是名叫那智之小四郎的青年劍士，東千代之介則扮演盲演劍客浮寢丸。扮演惡人信夫的是三條雅也，雖然演的是反派，但我很崇拜他。

就算沒有美女，我還是想去一趟青梅。在這個晚秋裡的大晴天，我從新宿搭上ＪＲ中央線直通青梅線的特別快速電車。這當然是我有生以來第一次去青梅。

在ＪＲ青梅站下車，不管怎麼說，最大的感想就是也太遠了吧。因為搭的是快速電車，剛開始沒有每一站都停，但電車過了立川站後就變成各站停靠，從那裡算起，總共搭了十二站才好不容易抵達JR青梅車站。我感覺比從東京車站搭新幹線到博多車站還要遠。不過，一想到每天有許多上班族從青梅通勤到都心，我還是得忍耐一下才行。

在青梅車站的觀光導覽中心要了青梅與奥多摩的地圖，決定先搭JR青梅線到御嶽站。

在御嶽站下電車。這一站的站名來自青梅市西南邊的御岳山（標高二十九公尺）。此山北麓有多摩川往東流過，南麓是秋川支流養澤川的發源地。鎮座山頂的是關東屈指可數的古神社，武藏御嶽神社。那裡是個能量景點。前往御岳山的交通方式是從御嶽車站搭開往瀧本的公車（約十二分鐘）。再從瀧本搭纜車（約六分鐘）。若是徒步前往則大約要走一小時。

我一邊看著御嶽車站拿到的地圖，一邊走過多摩川上的御岳橋，朝「玉堂美術館」走去。

活躍於明治及昭和時期的日本畫家川合玉堂於昭和十九年（一九四四年）疏散到青

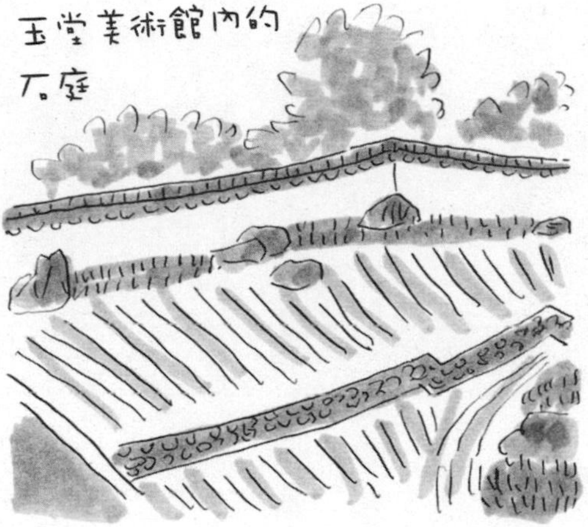

梅市內的澤井，這間美術館是為了紀念他定居此地而開設的（一九六一年）。美術館本身很氣派，可惜的是我身為日本人卻不大懂日本畫。入口附近已轉為黃葉的銀杏樹倒是很美。還有，美術館內有京都龍安寺風格的石庭也令我大吃一驚。

走出美術館，眼前就是御岳溪谷。一群不知道來自何處，看似美術愛好團體的老人家在那裡素描風景畫。我沿著溪谷邊的散步道走向ＪＲ青梅線上的軍畑站，溪谷裡水流湍急。

對了，我從以前就對「軍畑」這個地名很好奇，原來戰國時代永祿六年（一五六三年）時，統治多摩川上游，以辛垣城為據點的三田氏，與統治八王子一帶的瀧山城主北條氏隔著多摩川展開一場名為「辛垣合戰」的激戰，此地故而得名軍畑。原來這裡是個古戰場呢。

我想多寫一點關於辛垣合戰的事。

為了討伐支配勢力延伸至多摩川上游的勝沼城主三田彈正忠綱秀，瀧山城主北條氏照率軍北上。迎戰的三田軍採取防守策略，離開平山城的勝沼城，前往雖是小城但位於險峻山上的天然要塞辛垣城。永祿六年，面對渡過多摩川的北條軍激烈攻擊，三田軍奮勇應戰，展開了這場「辛垣合戰」。

三田軍雖試圖仰賴天險形成的要塞，卻逐漸不敵以人數取勝的北條軍。最後，北條軍從辛垣城下陡坡放了一把火，火勢瞬間三面包圍辛垣城，三田軍以敗北收場。三田綱秀本人從城北的城下口脫逃，前往岩付（現在的埼玉市岩槻區）想投靠太田氏，沒想到事與願違，最後自盡身亡。

三田綱秀，我對這號人物有點興趣。

橫渡多摩川上的軍畑大橋，來到二俣尾站，打算前往「吉川英治紀念館」。話說，前面提到的辛垣城遺址就在這個車站的北側，海禪寺後方那座辛垣山上。山頂只留下本丸遺址、山腹裡的壕溝和城郭，整體建築幾乎已傾頹殆盡。

吉川英治紀念館離二俣尾車站約一公里，位於吉野梅鄉（東京近郊最有名的賞梅勝地）一角，吉野街道西側。

這裡也稱為草思堂，是吉川英治從昭和十九年住到二十八年的家。建築物原是近世吉野村（現在的青梅市柚木町）名家野村家的舊宅，後來讓給了吉川英治。穿過陳舊的長屋門，正面就能看到有檜木皮懸山頂的主屋，是江戶末期氣派威嚴的庄屋建築。偏房是一棟西式洋房，裡面復原了吉川英治在執筆《新平家物語》時使用的書房。從偏房左側沿一道緩坡往上走到較高的地方就是紀念館了。想多認識吉川英治的人絕對不能錯過這個紀念館，因為位置就在吉野梅鄉一隅，建議在梅花盛開的季節來訪。

說到吉川英治，第一個想到的就是《宮本武藏》，這部作品不知道被拍成了電影多少次。我最喜歡的是由中村錦之助飾演武藏的電影，導演是內田吐夢，飾演阿通的是入江若葉，飾演佐佐木小次郎的是高倉健。當時入江若葉才十七歲，我曾聽她本人描述內田吐夢導演熱切希望由她演出阿通角色，兩人第一次見面那天的事。

「那天雨下得稀里嘩啦，我身上穿的是水藍色的洋裝。」

入江若葉飾演的阿通有很多影迷。

另外一部令我留下深刻印象的《宮本武藏》是電視劇，扮演宮本武藏的是丹波哲郎。當時飾演佐佐木小次郎的仲谷昇將小次郎那股冷靜超然詮釋得很好。仲谷昇上了年紀之後發胖了，但年輕時的他可稱得上是個美男子（在成瀨巳喜男導演的《放浪記》中演的也是美男子的角色）。順便一提，在這個作品中扮演阿通的是谷口香，她演的阿通也很出色。

岔個話題，吉川英治在離開這個地方後，到港區赤坂蓋了一棟新房子。我的老家就在赤坂，不時會從吉川家宅邸前經過。面對青山通的草月會館旁有個高橋是清翁紀念公園，我在那裡見過三次長得很像吉川英治的人正在散步。說不定真的是吉川英治本人。

搭公車回到JR青梅站。背對車站往前走就是舊青梅街道。車站另一側則有「青梅鐵道公園」（面積約五萬一千一百平方公尺）。前面提過在辛垣合戰中落敗的三田綱秀，他的勝沼城遺址似乎也在那裡。這次我打算先跳過這些地方，不去收集資料了（我對鐵道也沒什麼興趣）。不過，還是為鐵道迷們提供一些資訊，「青梅鐵道公園」除了有C51、

D51、C11和E10之外，還實際展示了臥鋪列車、展望列車、食堂列車等。這座鐵道公園開幕於昭和三十七年（一九六二年）。

我踏上舊青梅街道。多摩川從關東山地流向武藏野台地所發展出來的溪口聚落就是最早的青梅市街，這裡有江戶時代人稱甲州裏街道的青梅街道驛站。住在山裡的人和聚落裡的人在這裡以物易物，形成熱鬧的市集。這塊土地從以前就盛產織品，八王子以生產絹織品聞名，青梅這裡則以棉織品為中心。

「怎樣，這邊賣的可是高級的絹喔，哪像青梅都是下等棉。」

八王子的人大概會說這種話歧視青梅的人吧（抱歉，是我自己瞎編的）。

舊青梅街道上還零星殘留著歷史悠久的房屋，江戶時代在青梅宿擔任町長的稻葉家擁有的舊稻葉家住宅就是其中之一。稻葉家經營木材行，也仲介青梅縞布的買賣，是當時的知名商人。

我依序去了「昭和懷舊商品博物館」、「赤塚不二夫會館」、「昭和幻燈館」等地方。到處都有令人懷念的電影海報。我和赤塚不二夫先生有過幾面之緣，不過那個人講的笑話我實在無法接受，一次都沒被逗笑過。在「昭和幻燈館」買了扮演鞍馬天狗時的嵐寬壽郎劇照和公主造型的新珠三千代劇照。因為一路上沒遇到值得一提的美女，只好用新珠三千代的劇照聊表安慰。這些建築物聚集的區域通稱為「電影看板街區」。差不多在我讀高中那年紀時，東京都心還有許多電影院，這條街上掛的那種電影看板隨處可見。現在找遍日本也看不到這種電影看板了。

從舊青梅街道往下，走向秋川街道。

走下坡道，右邊是宗建寺，供奉著多摩七福神之一（這裡的好像是毘沙門天）。在這裡，我看到了出乎意料的東西，不由得睜大眼睛。宗建寺入口有一塊標示寫著「作家干刈县之墓」。

干刈县是和我私交甚篤的作家。我們曾一起去目黑川賞櫻，也曾一起喝過酒。她有好幾部作品的插畫是我畫的（《十一歲的自行車——東西是東西又非東西物語》、《借來的手帕——東西是東西又非東西物語》……等等）。干刈县年僅四十九歲就辭世，我在葬禮上代表致哀悼詞。這麼說來，確實曾聽她說過出生於青梅的事，想起往事，胸中

停車場也有昭和時代的
電影看板
扮演
鞍馬天狗的
嵐寬壽郎
劇照
雖然店家都拉下了鐵門
光是「戲劇通」三個字就夠催淚了
手上拿著手槍

滿是懷念之情。沒記錯的話，在五反田一個類似公民館的地方一起擔任兒童畫畫比賽評審，結束後在五反田車站和她告別那天，是我們最一次見面。道別之際，她這麼對我說：「水丸兄，我想在院子裡種茱萸樹。」

後來，我到處找茱萸樹，想著哪天要送給她，還在自家庭院裡插了枝。沒想到幾個月後接到的卻是她的訃聞。那棵茱萸樹，如今在我家院子裡長得好大了。

因為波斯菊是她最喜歡的花，干刈具過世後，幾個朋友每年固定舉行「波斯菊忌」，我也出席過幾次。日子就是離她忌日很近的九月某個星期六（有時好像也會改成星期日），地點正是這座宗建寺。今年我打算參加。

我在干刈县墳前合掌。

宗建寺裡還有義賊裏宿七兵衛之墓。這號人物是出現在中里介山小說《大菩薩嶺》中的盜賊，他會將盜來的金銀財寶全部分給窮人。因為是個飛毛腿，即使晚上去了很遠的地方偷東西，隔天早上還是能若無其事地回田裡工作。如果生在今天，說不定會成為很厲害的馬拉松選手。原本以為只是傳說中的虛構角色，後來在當時二俣尾名主日記中

東京都指定有形民俗古蹟
舊稻葉家住宅

找到七兵衛的名字，證實他是實際存在的人物。真想重看一次《大菩薩嶺》（我在紐約時讀完了全集）。

沿著青梅街道往西邊走，橫渡多摩川上的鮎美橋，走進釜之淵公園。多摩川環繞公園四周，森林已是一片紅葉。川原上有個男人正在看書，平日下午的公園非常安靜，耳邊只有潺潺的川流聲。

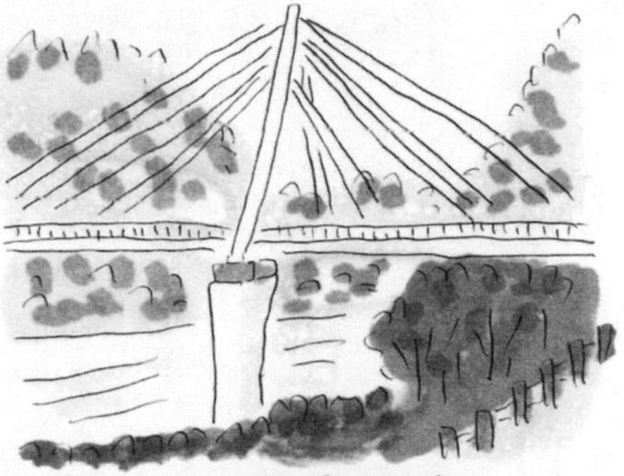

多摩川上的鮎美橋很漂亮

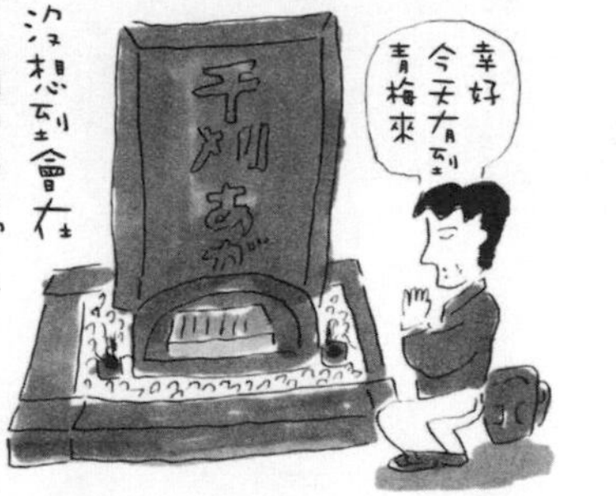
沒想到會在這個地方遇見千刈県的墓……

龜有、金町、水元公園一帶

有時得用電腦調查一些人物或土地的相關歷史，這種時候就會求助免費百科全書「維基百科」，可以省卻很多麻煩。不料，有一次我用自己的名字檢索「維基百科」，上面竟然寫著我出生於葛飾區（其實我生於港區）。沒想到「維基百科」也不能完全信任嘛，真是笑死我了。

山田洋次導演的《男人真命苦》系列在昭和四十四年（一九六九年）推出第一部作品。飾演第一代女主角冬子的是新派劇團的光本幸子。

生於東京的光本幸子是上野學園高校的畢業生。從小師事舞蹈家藤間勘十郎（第六代）。與勘十郎私交甚篤的水谷八重子（第一代）很欣賞幸子，讓她加入新派，以童星身分在明治座上演的舞台劇《望鄉之歌》（一九五五年）中出道。《男人真命苦》是她第一次演電影，飾演笠智眾扮演的柴又帝釋天（正式名稱為經榮山題經寺）住持之女冬子。

冬子對游手好閒的主角阿寅（車寅次郎）一見鍾情（後來被他甩掉了），故事就這樣發展下去。《男人真命苦》系列中，我最喜歡的就是這第一部作品。光本幸子非常美，從新派學會的身段和和服的穿法，在在堪稱完美日本女性典範，尤其展現出江戶女人的品味。有一場戲是冬子和阿寅一起划船，地點應該是江戶川吧，不，或許是水元公園。就這樣，我一邊看著電影，一邊在腦中想像那些從來沒去過（沒有去的必要）的江戶川河堤及水元公園的風景。

根據上面這些原因（更何況「維基百科」說我是葛飾區出生的），這次散步的地點就決定從龜有到金町，再從ＪＲ金町站搭公車到水元公園附近走走。

晴朗冬日的天空一望無際。將腳踏車停在地下鐵千代田線表參道站附近，走下樓梯。搭上開往我孫子的千代田線電車。

東京的地下鐵真是方便，只要坐在位子上發呆，一下就抵達龜有了。這是我第一次到龜有來。

從龜有站北口出去，立刻看到龜有出身的漫畫家秋本治作品《烏龍派出所》主角兩津勘吉的銅像。兩津勘吉在這一帶似乎相當受到歡迎，到處都有他的銅像。我原本沒聽過這部漫畫，不如下次來讀讀看吧。不過看這銅像的長相很有個性，可能需要花上一段時間。

龜有這個地方從前叫做「龜無」或「龜梨」[1]。據說是因為忌諱「無」，所以從「無」改成了「有」。就像梨子的果實叫做「有實」；研磨缽的研磨因為有損失的意思，所以改叫「獲得缽」是一樣的意思，古人在這些地方很注意詞彙是不是

龜有車站北口的
兩津勘吉像
我吃了
特上鰻魚飯
創業大正12年
うなぎ
松吉
BOOKS
榮真堂書店
很有意思

吉利。

龜有這個地方原本是日立製作所、日本紙業（現在的日本大昭和板紙）和三共（現在的第一三共）等工廠集中的工業區，現在這些工廠都已撤離，龜有這個地區成為以JR常磐線龜有站為中心的閑靜商店街住宅區。

我在龜有車站北口附近閒逛。沒有什麼值得一提的發現，我走進北口站前的「榮真堂書店」，裡面有不少滿有意思的書，我在那裡消磨了不少時間。說是有意思的書，但並不是最近流行那種文青書。榮真堂只是非常普通的地方書店，這點讓人很有好感。

走出南口，過了中川上的中川橋（舊名行幸橋）就是新宿之町。這裡的新宿讀音不是「SHINJUKU」而是「NIIJUKU」。聽說新宿之町原本是水戶街道上宿場町，戰國時代帶有軍備目的的「鉤之手式」直角街道還維持著昔日形貌，這在東京是很少見的景觀。新宿之町郊區也留有長屋門，附近是樹林環繞下的日枝神社。小田原北條氏在此地設置驛站時，請來山王二十一社權現為守護神，供奉於日枝神社中。當初神社所在位置比現在偏西，配合中川的整修遷移到現在的位置。神社裡的神武王造鳥居甚為特殊。

1 日語中「梨」的發音同「無」。

中川橋下的中川是流過葛飾區中央的一級河川。享保十四年（一七二九年），幕府為了保護江戶不受水患所害，命審計官井澤彌惣兵衛拓寬河川，在那之前據說原本只是六公尺左右的細流。明治十七年（一八八四年）搭建木橋前的名稱為「新宿之渡」，在廣重的畫中是個風光明媚的地方。

附帶一提，中川橋舊名行幸橋，這個名稱源自明治

舊水戶街道風景（新宿二丁目）

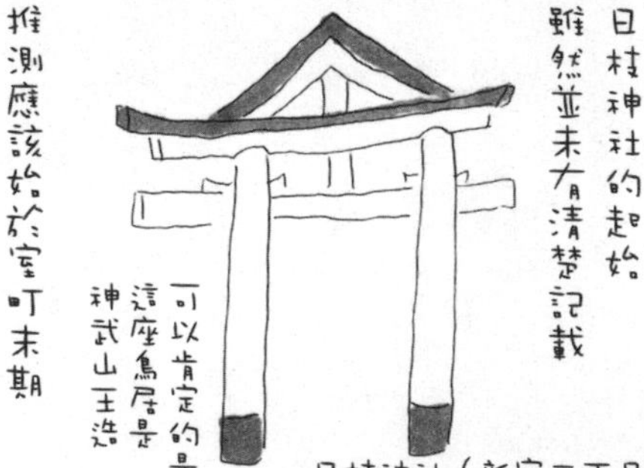
日枝神社的起始
雖然並未有清楚記載
可以肯定的是
這座鳥居是
神武山王造
推測應該始於室町末期

日枝神社（新宿二丁目）

十七年十二月，為了方便明治天皇巡視茨城縣女化原舉行的近衛兵大演習，臨時架設了這座橋，行幸橋便是當時取的名稱。改建成鐵橋是昭和八年（一九三三年）十月的事。

午餐時間到了，我正猶豫要吃什麼時，看到車站前有創業於大正十二年的鰻魚餐廳「松吉」，就在這裡吃了特上鰻魚飯盒。只要上鰻魚餐廳，我一定會打腫臉充胖子吃最貴的。特上鰻魚飯一客要價三千五百日圓。

廣重筆下的《新宿之渡》（水丸臨摹）

從龜有搭JR常磐線，在下一站金町下車。這個車站我是第一次來，要去水元公園的話，好像要從這裡搭公車。出了北口往江戶川方向走，眼前出現一片鬱鬱蒼蒼的樹木，包圍其中的是名為金蓮院的寺院。讀了說明文，原本這裡是供奉大日如來本尊的法護山金剛寺，也是擁有舊門末三十四寺的本寺格之寺，由弘法大師草創、興教大師中興，不管怎麼說都是地位崇高的寺院。

踏上金蓮院門前的大路，沿著舊水戶街道走，不遠就會遇到葛西神社。神社境內有「葛西囃子碑」，聽說這裡是葛西囃子[2]的發祥地。在東京的祭典中，葛西囃子絕對是不可或缺的要素。

在葛西神社參拜後，腦中忽然浮現葛西氏中興之祖，廣受這一帶領民崇敬的領主葛西三郎清重。生於豐嶋郡豐嶋館的清重以桓武平氏為先祖，他的父親是秩父大夫武恆（常）的曾孫清光（清光長子朝經後來以豐嶋太郎為名，追隨賴朝。清重是朝經的弟弟）。他的母親是當時日本弓術第一人的下河邊行平之姊。

清重在賴朝死後繼續跟隨賴家和實朝，是位深受信賴、清廉高潔的人物。在追討平家的戰役中加入源範賴軍，於豐後建立了戰功。此外，文治五年（一一八九年）並率領鎌倉武士陪同征伐奧州，擊破藤原泰衡軍，立有功勳。

葛西氏的直系後代在清重死後遷往奧州，一族枝繁葉茂，子孫歷經南北朝與室町期，一直傳承到戰國時代末期，持續了約四百年歷史。傳到第十七代的葛西左京大夫晴信時，於天正十八年（一五九〇年）八月奧州佐沼城為豐臣秀吉軍所破，平安時代以來建立坂東武士英名的名族葛西氏直系，就此斷絕了血脈。

我繼續沿著江戶川散步。江戶川昔日似乎稱為「太日（太井）河」。有段時間有利根川的河水匯流入川，後來因上游進行改道工程，利根川轉朝今日銚子方向流去，這裡也改稱為江戶川。我猜應該是因為經常與江戶連結而得名。

走著走著，看見像一頂高帽子的金町淨水場與取水塔。這附近過去曾有「唐風

2 祭典時演奏的音樂種類。

之瀨」的稱號。有名的事蹟是小田原北條氏分別與安房里見氏父子兩代於天文七年（一五三八年）十月及永祿七年（一五六四年）正月展開的交戰。這就是俗稱的「國府台合戰」。兩場戰役都由擁有壓倒性軍力的北條氏獲勝。這塊土地是東京罕見的古戰場。

金町這個地名歷史悠久。從前好像被稱為金町鄉。以下總國香取神宮領為中心發展繁榮。古時利根川沿岸有鎌倉街道，屋舍面向街道形成町屋，起初稱為金町屋，後來改為金町村。

我回到金町車站。從南口出來，搭上往戶崎的公車，大約十分鐘就抵達了水元公園。從這裡沿著眼前的溜井走個五分鐘即可進入都立水元公

金町淨水場及取水塔的風景很有情調

園，不過在那之前，我想先繞去某間寺院。那間寺院叫做南藏院（正式名稱為業平山南藏院，據說由林能法印草創），我想去看看寺院境內的「緊縛地藏」。這尊地藏與聲名遠播的江戶奉行大岡越前守忠相的傳說有關。故事是這樣的：

在德川八代吉宗享保年間（一七一六～一七三六年）的某個夏日午後，江戶日本橋棉布批發商佐助將載滿水洗白布的推車停放在南藏院門口，自己在旁邊睡起了午覺。一覺醒來，發現推車和布匹都消失了。慌張的佐助趕緊向大岡越前守報案。只見這位名奉行越前慢條斯理地說：「站在寺院門口眼睜睜看小偷行竊的地藏與盜賊同罪」，遂用草繩綁起門前地藏，帶回奉行所。聽聞此事，看熱鬧的民眾為了得知越前最後如何判決，紛紛擠進了奉行所。此時大門忽然關閉，所有人大驚失色。越前對他們說：「為了懲罰你們擅自闖入奉行所，罰眾人各繳納水洗白布一匹。」數日後，從眾人繳納的布匹中找到失竊的東西，根據贓物捕獲當時偷遍整個江戶市的盜賊團。無論是否真有此事，從此之後盛傳這尊地藏對防止盜災、打破僵局、消災除厄及姻緣、應試等皆有靈驗，上門祈願者絡繹不絕。

眼前的「緊縛地藏」被重重草繩環繞，幾乎看不到臉上表情，真是令人心痛。聽說這裡的習慣是祈願者先在地藏身上綁縛草繩後再行祈願，等願望實現再回來拆除草繩還願。真是尊辛苦的地藏菩薩啊，我不免有些同情了起來。

說個不正經的，最近連針對年輕女性族群的雜誌都有SM（我討厭這稱呼）特集了。這種癖好的主要行為之一就是緊縛。人稱「ARAKI」的攝影界天才荒木經惟曾說「緊縛是日本的文化」，我倒

位於南藏院境內
後方（東水元二丁目）
被五花大綁，令人心生同情的
「緊縛地藏」

不是無法理解。就讀大學一年級時，我在銀座松屋百貨打工，工作內容就是綑包。但是我實在很不會綁繩子，因此總是被罵。簡而言之，就算我想綁緊，繩子也會鬆開。

「這誰綁的？哪個傢伙綁成這樣？」

雖然經常被罵，捆綁這種事好像也需要天分。站在「緊縛地藏」面前，忍不住想起了這件事。

「緊縛是日本的文化」，不愧是荒木經惟，一針見血。

走進水元公園，沿著水元櫻堤防走，再走過水元大橋。左邊小合溜井水面波光粼粼。葉子掉光了的成排白楊樹，細枝隨風搖曳。小合溜井對岸是一片水杉樹林。聽說到了秋天，染成一片橘紅色的水杉樹林非常美。

都立水元公園總面積九十二萬一千五百三十九平方公尺，是都內唯一的水鄉公園。距離都心雖有點遠，偶爾來還是很不錯。據說日本畫家鏑木清方熱愛這裡的鄉土風情，經常造訪此地，描畫風景。我和畫家有同樣的心情。

在長椅上坐下，遠望水面。幾個釣客正在垂釣。一位女性跑了過來，坐在我旁邊的另一張長椅上。年紀介於二十五到三十之間的她，穿著上下成套的深灰色運動衣褲，不斷反覆深呼吸。接著，她蜷起身體，環抱自己的膝蓋。我裝作眺望水面的樣子，不時偷看她的動作。

我經常覺得東京這個地方有很多出色的街區，也有令人興味盎然的歷史。莫名地，我喜歡上了葛飾區。

在小合溜井
垂釣的人們
遠方看得見水杉樹林（水元公園）

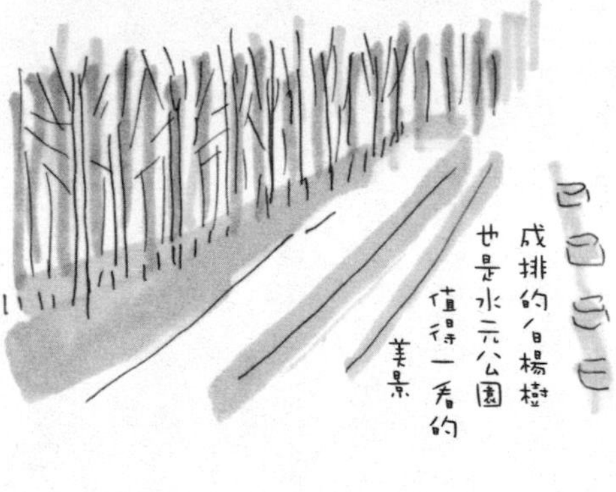

町田一帶

這是去年的事了。我收到電影《真幌站前多田便利屋》的試映邀請函，就去看了這部電影。因為邀請函上的瑛太和松田龍平很帥，讓我產生了想看這部電影的心情。他們兩人只是兩手空空地站在那裡而已，看起來卻莫名瀟灑，穿著打扮也很出色。

不算順便一提，我想在此稍微聊聊自己對時尚這事的看法。那種覺得自己很時尚，愛戴帽子穿奇裝異服的傢伙最糟糕。髮型太有個性的人也無法信任。真正有時尚品味的人做的第一件事是塑造自己的個性。創造屬於自己的風格。比方說，大家都說切．格瓦拉（Che Guevara）很帥，可是他的打扮真的有很時尚嗎？他只不過是穿上方便自己行動的衣服罷了。即使如此還是很帥，因為他有自己的個性。約翰．甘迺迪（John F.・Kennedy）也很帥。但他穿的都是普通的西裝，駕駛帆船時穿的也只是短褲和連帽帆船衫。有時還讓女兒坐在他腿上。但他還是很帥，因為他有自己的個性。

言歸正傳，電影《真幌站前多田便利屋》的原作者是三浦紫苑。這本小說獲得了第一百三十五屆直木賞。設定為電影舞台的「真幌市」，是東京都西南方最大的城市，幅員巧妙地往神奈川縣延伸。聽說真幌市的原型就是三浦紫苑本人居住的町田市。

町田市是東京西南方最大的城市，這裡是住宅區，是風化區，是電器街，是書店街也是學生街。因此，這裡有超級市場也有百貨公司，更少不了商店街和

松田龍平
大森立嗣導演的《真幌站前多田便利屋》裡的瑛太與松田龍平
瑛太
穿拖鞋也能打動人
真幌站前多田便利屋
真幌市的原型就是町田市

電影院。幾乎所有該有的城市設施這裡都齊備了。因為這樣，沒有什麼是住在這裡無法做的事，很少人會離開町田。就算搬走了，似乎很多人還是會再搬回來。我對這樣的町田會產生興趣，除了前述電影有很大的影響外，還有另外一個原因。同樣屬於町田市，比小田急線町田站早兩站（以新宿為出發點）有個叫鶴川的地方，從那裡搭計程車約六、七分鐘車程，就能抵達鼎鼎大名的「武相莊」（現在已開放大眾參觀），過去曾住有白洲次郎與白洲正子。

東京的櫻花樹幾乎已換上綠葉，這個晴朗的早晨，我從新宿車站南口搭上往片瀨江之島的小田急線電車，目的地當然就是町田。

抵達町田還不到上午十一點。這是我第一次來。車站附近就是個小田急王國的感覺，以小田急百貨為中心，道路朝四面八方延伸。這裡明明也是ＪＲ橫濱線町田站的所在地，總覺得小田急派的勢力更為強大。

看到民間派出所，就去裡面要了城市散步地圖，打算循著地圖走。地圖上標示出每條路的名稱。町田站前通、小田急北口真幌橫丁（這應該是從前述小說或電影借用的

町田車站周圍給人
小田急王國的感覺

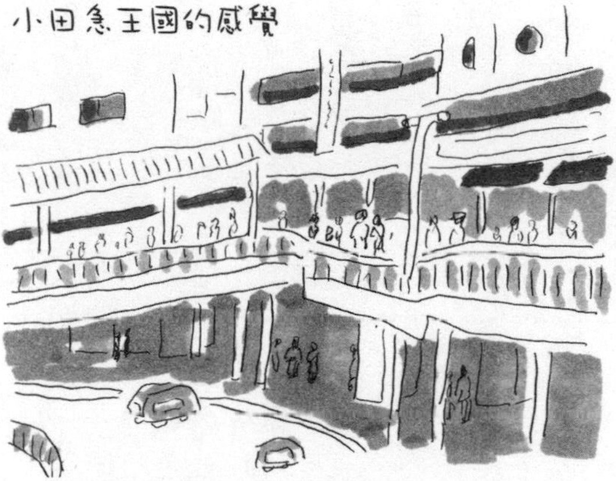

連接大樓與大樓的陸橋上
人們魚貫走過（沒有美女）

吧）、絹之道榮通、舊鐮倉街道中町通、森野中町大通、舊鐮倉街道二番街通、原町田大通、絹之道中央通、文學館通……大概是這樣。

最引起我好奇的是「絹之道」。據說從橫濱開港的安政六年（一八五九年）起，生絲開始經由海港出口海外，關東、多摩地區生產的生絲先集中到八王子，再從八王子經過町田，以馬匹或人力運往橫濱港。因此，從八王子到町田再到橫濱的這條路徑被稱為「絹之道」（就是「絲路」）。伴隨著生絲的流通，町田成為各種物資的集散地，每月逢有二和六的日期會舉行「二‧六市集」，以農產品為中心，各種物資在此熱賣，形成今日町田商業區的雛型。

我走上小田急町田站附近的真幌坂和排鐘坂。在排鐘坂附近遇上「絹之道」石碑。因為也想看一下「二‧六市集」的石碑，便一邊看地圖一邊沿著絹之道中央通，往文學館通的方向移動。很快找到了「二‧六市集」石碑，形狀就像個氣派的墓碑。

町田市大部分的區域位在多摩丘陵上。地理位置大概是多摩丘陵北部與相模原台地東北邊緣中間。最高地點是西側的草戶山（標高三百六十四公尺）。平地不多，只有町田

小田急町田車站附近
「絹之道」石碑

「二、六市集」的石碑
這塊石碑位於「町田市民文學館」所在的文學館通與絹之道中央通的十字路口附近

站周圍、由西往南流的境川、流經中央的鶴見川及其支流恩田川附近是平地。至於治安狀況，因為鄰近新宿的緣故，近來增加了不少遭到取締退出新宿後轉移陣地到町田來的色情行業。惡質店家拉客的情景引人注目，不過居民也發起了自主巡邏，並設置民間派出所強化治安。前面也有提到，我索取地圖的地方就是民間派出所，態度相當親切。民間派出所還有個暱稱叫「鼠尾草」。派出所後方有個小水池，聽說叫做「町田之泉」。這裡從前是道路的分歧點，往左走可前往八王子（絹之道），往右就是府中（鐮倉古道）。旅人們大概都在這裡小歇，喝口水潤潤喉吧。

對了，町田的「町」字指的是區隔田畝的

「T」字路，也就是田畦的意思。

畢竟是以「美女散步」為主題的文章，我一邊走還是一邊注意是否能遇到美女，可惜一直都遇不到。想想也是，好像從沒聽過「町田美人」之類的說法。看到一家倉庫改建的甜點材料行，我進去買了野草莓果醬和咖啡。時間已過中午，找了一家九州拉麵店，吃了長濱拉麵。路上其實到處都有餐飲店，只是覺得每間看起來都像吃了會後悔的店，只好選擇拉麵。拉麵這種東西就算不好吃也沒法抱怨。

我走到芹谷公園去看「國際版畫美術館」。這間專展版畫的美術館，於昭和六十二年（一九八七年）開館。緣起於住在町田的版畫家畦地梅太郎捐贈作品而建。館中除了展示歌川廣重的《東海道五十三次》和葛飾北齋的《百人一首》外，也有棟方志功、池田滿壽夫等現代作家的作品。還有海外作家的作品，從阿爾布雷希特．杜勒（Albrecht Dürer）、林布蘭（Rembrandt）等古典版畫，到哥雅（Goya）、畢卡索（Picasso）等名家作品都能在此看見。這裡也有版畫工房和工作室，設有教學課程。町田真是個不能小看的地方。

倉庫改建的富澤商店
販售甜點材料，生意很好
水丸無法抗拒倉庫建築的魅力

大樓與大樓之間
悄然獨立的
町田稻荷

富澤商店買的
野草莓果醬
製造商來自岩手縣

離開町田車站一帶，往新宿方向搭兩站電車，到鶴川站下車。首先，搭上計程車直奔「町田市立自由民權資料館」。聽到自由民權運動，大家最先想起的應該是土佐的板垣退助吧，不過我對以文學家身分參加運動的北村透谷更有興趣。他和三多摩民權運動的最高指導者石坂昌孝長女美那子墜入情網，雖遭周圍反對，兩人仍執意結為連理。對美那子來說，與其說受到北村透谷民權鬥士的身分吸引，不如說他那一臉沉思的文學青年氣質更有魅力吧。女人都有這個傾向。北村透谷於明治二十七年（一八九四年）因精神問題自殺身亡。死時二十五歲。透谷的好友島崎藤村將兩人的婚姻生活寫入了自傳小說《春》。從照片上看來，透谷之妻美那子是個相當可愛的女人。丈夫死後，她丟下獨生女獨自赴美，回國後靠教英語度過後半生。

下一個目的地，就是這次探索町田之旅中最令我期待的「武相莊」。

「武相莊」的正式名稱是「舊白洲邸武相莊」。我雖不是白洲夫婦的迷，但經常在雜誌之類的地方看到這棟從舊農家改建的宅邸，很想親眼看看兩人日常使用的各種器具和家具。

只有一次，我和白洲正子女士同乘一部電梯。其實我住在澀谷區神宮前的一棟老公寓，藝術評論家青山二郎先生也住在那棟公寓的六樓（我住四樓）。大家都知道白洲正子女士和青山二郎先生多有交流，那次她一定是來拜訪青山先生後正要離開吧。從六樓下來的電梯在四樓開了門，裡面搭著一個感覺像是魔法師的老婦人。後來我才察覺那是白洲正子女士，當時電梯裡飄散的不可思議氛圍，到現在依然令我難忘。

從小田急線鶴川車站搭計程車約十分鐘就到「武相莊」了。入館費是一千日圓，付費入館後往前走一點，左手邊看到的黑色汽車大概是白洲次郎先生的愛車吧。我不大懂車，看說明上寫的是「一九一六年款賓士W638」。

白洲夫婦向地方的農家子弟能谷買下這棟房子，是昭和十八年（一九四三年）的事。這年我一歲。武相莊的母屋採寄棟造[1]，靠東那一側山牆有兜造式[2]的厚重茅草屋頂。母屋後方是一座小山，由小葉青岡等幾種不同的樹形成的雜木林頗有情調。拂過新綠的風吹來心曠神怡。

1 屋頂向四方傾斜的建築。
2 日本民家屋頂形式之一，狀似武士頭盔。

進入母屋時要脫鞋。主人已不在的書房顯得有些寂寥。看了展示的日常器具，沒有我想像中的有意思。唯一引起我興趣，覺得想要的只有巴納德・里奇（Bernard Leach）做的施釉陶盤。我曾參觀過巴納德・里奇在英國西南方康瓦爾郡的聖艾夫斯與濱田庄司一起打造的里奇窯。其實我不是里奇迷，說起來只是想去找個施釉陶盤，不過沒看到任何喜歡的。後來在古董店裡買了說是里奇作品的水壺，到現在還很擔心到底是不是真品（給目前在里奇窯工作的陶藝家看過，他說是真的就是了）。

館中展示的汽車
這應該是白洲次郎的愛車
是一輛賓士車
不好意思我不懂車
也不大擅長畫車

白洲次郎和正子於昭和四年（一九二九年）結婚，那年次郎二十七歲，正子十九歲。求婚的過程是這樣的，次郎單槍匹馬到東京俱樂部找樺山愛輔[3]，對他說「我要正子小姐」，真是太有男子氣慨了。不是「請將正子小姐嫁給我」，而是「我要」，這一點令人激賞。現在的年輕人真該向他學習。

白洲次郎先生於戰後的事蹟眾所周知。雖曾擔任各項要職，基本上大多隱居在鶴川村（現在的町田市能谷）。他這種毫不戀棧的個性我並不討厭（但不能接受他們夫婦一起當三宅一生的服裝模特兒）。

「武相莊」這名字的由來，除了位於武藏和相模交界之外，也是因為白洲次郎自認不苟言笑的緣故[4]。

來參觀武相莊的人從剛過中年到老夫妻都有。說來有趣，老夫妻往往雙方都認為自己比較細心周到，聽著他們的對話真令人莞爾。

搭公車回到鶴川。看看車站前的導覽地圖，發現車站附近有個代官屋敷，於是再搭

3 正子的父親。
4 不苟言笑的發音和「武相」相近。

從這道長屋門進去就是武相莊
一進去就被鬱鬱蒼蒼的綠意包圍

計程車前往。地圖上看起來很近，計程車卻跑了很久才到。

那裡是朝鶴見川沿岸低地突出的丘陵前端。過去這附近（舊金井、木倉村）原本是旗本福井氏的領地，因為沒有子嗣之故，福井家於正德五年（一七一五年）斷絕血脈。後來這裡成為幕府直轄地，曾任村中名主的神藏家世襲了當地代官的職位。母屋在元祿十三年（一七〇〇年）時因火災燒毀，現在這棟看來是後來重建的。目前住在裡面的家族資料並未公開，從門外窺看，牆裡的房子相當氣派。

雖是第一次踏上這塊土地，町田這地方意外充滿有趣的事物。

庭院樹蔭下的
野佛像
有種桃花源般的
氣氛
在武相莊的
商店裡買的
白色茶杯
武相莊的母屋

廣尾一帶

我在赤坂出生、長大。直到我讀高中，赤坂連一間咖啡廳都沒有。就算是一木商店街，雖有庶民生活所需的魚店、蔬果店、書店、照相館和澡堂，就是沒有酒吧或咖啡廳。有的幾乎都是黑色圍牆裡的料亭，聽說也有很多是藝妓或小老婆住的地方。

「那一戶是小老婆住的地方喔。」

有時朋友也會這麼告訴我。

出了家門走上圓通坂，到了台町（現在的赤坂五丁目）再沿三分坂往下走，穿過乃木坂一直走到六本木。這是我喜歡的散步路線。當時的六本木不像現在這麼雜沓俗氣，呈現靜謐住宅區的風貌。因為這樣，廣尾等地方雖然就在附近，我卻連町名也不知道。

今年初，我在朋友邀約下去了廣尾的蕎麥麵店喝酒。第一次見識到廣尾的熱鬧，令我大感意外。年輕女孩穿著迷你裙在街上昂首闊步。我心想，下次也來這個地方逛逛吧。這就是這次選擇來廣尾散步的原因。

廣尾位於澀谷區的東南側（我一直以為是港區）。現在的行政地名從廣尾一丁目到廣尾五丁目。

廣尾原本寫成「樋籠」，似乎因為原本是一片廣大的原野，所以被稱為「廣尾原」。創作於寬政到天保年間的《江戶名所圖會》中就描繪著長滿一整片芒草的廣尾原。最早原本是橫跨現在港區和澀谷區的廣域地名。

直到江戶初期，廣尾都屬於下澀谷村的一部分，寬文八年（一六六八年）開放町屋設立之後，澀谷廣尾町就此成立。其後，正德三年（一七一三年）時劃入江戶町奉行管轄區，隔著廣尾橋，靠麻布那一側成立了麻布廣尾町。澀谷廣尾町的範圍則大約是現在的惠比壽車站附近、澀谷橋周圍以及廣尾車站（地下鐵日比谷線）一帶。

進入明治期，廣尾的變遷複雜了起來，找來這方面的資料讀了仍是一頭霧水。因為嫌麻煩，就決定以現在的廣尾車站為中心，將夾著外苑西通的左右兩邊都當作是廣尾。港區的南麻布四丁目那邊因為有廣尾稻荷神社，從前應該也是廣尾吧。

對了，據說慶應義塾幼稚園所在的惠比壽二丁目那一帶平地，以前稱為「土筆原」，是江戶庶民散步休閒的地方。一到適合外出踏青的季節，很多人都會攜家帶眷來這裡摘筆頭菜（土筆）。

廣尾值得一提的（其實也不是什麼值得一提的事）就是，這一帶有聖心女子大學、廣尾學園（中學、高中）、東京女學館（小學、中學、高中），再讓我多加一個的話，還有日赤看護大學也在這一區。

這天，我先從青山的工作室搭計程車前往日赤通。

在日赤醫療中心前面下車。日赤醫療中心以前是日赤中央病院，那近代化的建築令人眼睛一亮。馬路對面是東京女學館。明治十九年（一八八六年），體認到女子高等教育的必要性，由時任內閣總理大臣的伊藤博文擔任創立委員長，成立了「女子教育獎勵會創立委員會」。創立委員包括伊藤博文、澀澤榮一、岩崎彌之助等人，當時政、財、官界的大人物齊聚一堂，以「培育擁有崇高品德，為人與社會貢獻的女性」為教育理念開辦了東京女學館。我如履薄冰地從正門前走過，正好遇到小學生們放學，可愛的小女孩紛紛出現。通往澀谷車站的都營公車也開了出來，有幾個女孩搭上公車。

說到東京女學館，就不可不提那白色的水手制服。冬季制服和夏季制服都是白色水手服，裙子是深藍色，胸口別著藍色的絲質蝴蝶結。除此之外，好像還有搭配的白色及深藍色毛衣，以及森英惠設計的制服外套。順便聲明，我個人對水手服沒有任何興趣（其實也沒必要特地聲明）。

從日赤醫療中心往前走一會兒，聖心女子大學正門就在眼前。氣派得像哪座城的大手門，怎麼看也不像是女子大學的正門。我原本想靠近門口看看，好幾個警衛用懷疑的眼神盯著我，只好摸摸鼻子快步走過。

從東京女學館到澀谷車站
看得到這種高級校車出沒

聖心女子大學創立於大正五年（一九一六年），前身是私立聖心女子學院高等專門學校。昭和二十三年（一九四八年）跟隨新學制改為聖心女子大學，是日本最早的新制女子大學之一。第一屆校長是伊莉莎白．布里特。聯合國難民署前高級專員續方貞子女士就是新制聖心女子大學的第一屆畢業生。

聖心女子大學的校園原本是久邇宮邸，香淳皇后（昭和天皇皇后）幼少時期便生活於此。與天皇成婚之時，也是從此地出發入宮。巧合的是，美智子皇后（當今天皇皇后）正好畢業於聖心女子大學，連續兩代皇后都和這所學校有淵源。

在這所大學中有一座人稱「宮殿」（Palace）的日式建築，原本是久邇宮邸中的御常御殿，築於大正十三年（一九二四年）。設計者是畢業於東京帝大工科大學建築科，師事辰野金吾的森山松之助。

我沒實際進過這間大學校園所以不清楚，猜想校園裡應該充滿美女吧。畢業生中有不少人當上女主播，這點也令人莫名在意。

沿著日赤通的斜坡走到底會看到一處墓地，沿途有捷克大使館和不少高級公寓。我去捷克的布拉格已經是差不多十五年前的事了，在查理大橋上看見的年輕女性真的很漂亮。聽我住在布拉格的朋友說，她們只有年輕時漂亮，一過中年就會判若兩人地變成胖大媽。一邊想著這些事，一邊從大使館前走過。

走到坡道最下方，進入祥雲寺內的墓地。這裡有許多江戶時期的大名墳墓。其中也有九藩大名之墓，特別大的一個是福岡藩主黑田長政之墓，已經成為區指定古蹟了。其他還有留下世界最

聖心女子大學正門，看起來非常不像女子大學的正門，總覺得警衛很嚇人

古老病歷的曲直瀨玄朔、常磐津節開祖常磐津文字太夫，以及明治初期的西洋畫家高橋由一之墓。高橋由一的墓碑上刻著「喝」字，我很想知道這麼做的心境是什麼。「喝」在禪宗是激勵、叱喝時的叫聲。說到高橋由一就會想到那幅題名為「鮭」，經常出現在美術書籍中的畫。那幅畫描繪的是一隻上半身魚肉被割下後吊起的鮭魚，我實在無法理解那幅畫。有機會的話想聽聽專家的說明。祥雲寺墓園入口右手邊有個寫著「鼠塚」的大石碑。明治三十二年（一八九九年）到隔年鼠疫大流行時，為了防止疫情擴散而殺死大量老鼠，這個石碑是撫慰大量老鼠生靈的慰靈碑。附帶一

有很多大名之墓的祥雲寺山門

提，聽說我祖父就在那場大流行鼠疫中受到感染而去世。小時候常聽祖母提起這件事。

日赤通走到底左轉再走一會兒就是新興宗教「真如苑」的東京總部。厚重的石牆給人警戒森嚴的感覺，據說有很多演藝人員和運動選手是這個宗教的信徒。

過了「真如苑」東京總部，走到底右轉便是聖心女子大學的南門（後門）。聖心女子大學的女學生們陸續走出，她們的臉孔都已不是昭和時代的長相了。這是平成的長相，大家腿都很長。就算腿壯（粗）了一點，仗著年輕還是很適合穿迷你裙。她們不知道有什麼開心的事，臉上帶著笑容走進附近的咖啡店。

放學時從南門出來的
聖心女子大學生們

女大生站在咖啡店前聊天
是廣尾常見的景象

出了聖心女子大學南門，經過右邊的上宮寺後，這條路繼續走到底，面前就是連結外苑西通的廣尾散步通。路旁許多投女大學生所好的咖啡店和餐廳。外國人也不少，還能看見貌似有錢太太的美女。在意體態的她們或許固定會上美容中心保養，身上感覺不出一絲贅肉。推著嬰兒車的年輕媽媽也都是美女。廣尾真是美女的地盤。

走著走著，看見在這一帶堪稱罕見的魚店（福田屋），買了鹽漬小魚乾串和蛤蜊，準備當明天早餐吃。

從廣尾散步通跨過外苑西通，走進有栖川宮紀念公園。在港區長大，現在又在青山工作的我，卻是第一次走進這個公園。公園入口處右側有條長長的南部坂，名稱來自從赤坂移居此地的盛岡藩南部家屋敷。忠臣藏裡也有出現「南部坂」這個地名，不過那指的是赤坂。進入公園後，看到池塘裡有烏龜在游水，周遭一片蒼鬱綠意環繞。爬上石階頂端，那裡有個廣場，少年們正在踢足球。廣場後方豎立著乘在馬上的有栖川宮銅像，英姿煥發。

說到有栖川宮，我就想起平成十五年（二〇〇三年）發生的「有栖川宮」偽裝詐欺事件。那是一個自稱有栖川宮祭祀繼承者（宣仁親王御落胤）的男人犯下的詐欺事件。如果要詳細說明篇幅會變得很長，就不多說了。

從公園廣場往下走，來到河邊。這條河流似乎是從公園西北方的瀑布流下來的。也有些地方形成溪流地勢。皇室親王住的土地果然很厲害。

離開公園，覺得累了，就在附近找間咖啡店喝咖啡。眼前有指示廣尾醫院方向的標示。包括日赤醫療中心在內，廣尾這一帶有很多大醫院。我不經意地想起早紀（假名）。早紀是廣尾不知道

池中島上盛開的花菖蒲
（有栖川宮紀念公園）

哪間醫院的護士，這是她白天的職業，不過她還有另一種身分。

我第一次見到早紀，是在跟朋友喝酒的時候。那個朋友在本鄉擁有一棟大樓，早紀好像是他的情婦。說自己二十七歲的她是個頗有水準的美女，有了幾分酒意之後，從包包裡拿出一張DVD。

「這是我唷，請欣賞。」

DVD封面是全裸的她被緊縛吊起，腳尖幾乎離地的模樣。

有栖川宮銅像前的廣場上
正在踢足球的少年們

「早紀也有做這種事喔。我怎麼也無法理解就是了。」

朋友一臉困惑地說。拿著DVD的我也很困惑（後來這張DVD用我家的播放器播不出來，結果我也沒看就送給其他朋友了）。

在店門口拍照的店員們

在釜淺商店買的西班牙烤飯鍋

筷子店的招牌

廣尾散步通後方有這麼寂寥的風景

廣尾的咖哩店招牌

在那之後，早紀傳過三次簡訊給我，但是我們到現在始終沒再見過面。我想她應該還在廣尾某處當護士吧。現在大概三十五歲左右了。

我掉頭朝來時方向再次踏上廣尾散步通。這條路盡頭轉角處是總店在龜戶的葛餅老店「船橋屋」的分店「曆」。船橋屋創業於文化二年（一八〇五年），歷史悠久。我在總店吃過好幾次葛餅。聽說芥川龍之介、永井荷風和吉川英治都是這間店的常客。

過了船橋屋的「曆」，在轉角處左轉，眼前就是總店在淺草合羽的烹飪用具店「釜淺商店」。總店創業於明治四十一年（一九〇八年），歷史也很悠久。我忍不住買了作西班牙海鮮烤飯的鐵鍋。廣尾有不少這種老鋪過來開的分店呢，不知道是為什麼。時間已經過傍晚六點了，四下天色還很亮。

我看到一家「廣尾咖哩」，不由得駐足。看來我就是無法抗拒咖哩這種東西。明明肚子還不怎麼餓，擋不住咖哩的誘惑，終究走了進去。點一客牛尾咖哩（八百八十日圓），味道還可以（不過關於咖哩的評價每個人都不一樣）。

廣尾散步後的咖哩為今天劃下完美的句點。下次我想找時間來感受夜晚的廣尾。

廣尾散步通上的「廣尾湯」，
不用自己帶盥洗用具
也可以進去泡澡

從番町到麴町一帶

高中時，我每天從赤坂表町的都營電車站（現在的草月會館前面）通車到九段上的私立高中上學。搭都電的女校生很多，有和洋學園、大妻學院、三輪田學園、嘉悅學園、女子學院、千代田女學園、麴町學園、東京家政學院、白百合學園、雙葉學園等等，盡是些有名的女校。我都稱走這條線的都電是「美少女電車」。

電車駛到三宅坂左轉，右手邊就是皇居的外壕，左手邊直到半藏門一帶是一整排美軍（駐軍）的魚板型宿舍。白色的宿舍中央總有星條旗隨風飄揚。

這是我高中時，三宅坂附近的風景。

三宅坂的名稱來自位於斜坡途中的三河國田原藩（現在的愛知縣田原市）三宅家上屋敷。現在，三宅坂十字路口有三名裸婦像，繞到她們後方望出去，可以看見田原藩家臣也是知名畫家的渡邊崋山誕生地之碑。

渡邊崋山的稱號是登，說件無關緊要的事，我那建築師父親很喜歡崋山的畫，因為這樣把我取名為昇。這是聽母親說的。之所以用昇字而不用登字，大概是覺得那樣太刻意了吧。這就是我本名的由來。

三名裸婦像右後方
就可以看見
渡邊崋山
誕生地之碑
（三宅坂）

位於一番町六番地的
「瀧廉太郎居住地遺跡」之碑

回歸原本的話題，駐軍撤退後，原本的美軍宿舍地點陸續蓋了國立劇場以及最高法院。

因為憶起了這樣的高中時代，這次散步的地點就決定從三宅坂到番町、麴町一帶走走。

仔細想想，我和這一帶的緣分意外地深。這部分的事等一下會陸續說明，總之這天我先從青山搭了計程車到三宅坂。前面也稍提過，三宅坂這個十字路口處，背對著最高法院，有三名裸婦的雕像。說是裸婦像，感覺就像三個大媽全裸站在那聊天。沒什麼好隱瞞（也沒必要隱瞞），我大學一畢業進入電通廣告公司時，新進員工教育的一環，就是被帶來參觀這三裸婦雕像。原來三裸婦雕像是為了紀念現在電通的前身，由日本廣告與新聞通訊社合併而成的日本電報通訊社於昭和二十五年（一九五〇年）獲得「廣告對我們穩定產業與產業文化發展有極大貢獻」評價而建立的廣告紀念銅像。以新進員工身分來這裡參觀時，應該有人說明過這件事，但我當時一定沒認真聽吧。

有時為了讓朋友知道渡邊崋山的誕生地在哪，我會提起三宅坂三裸婦像的事，得到的回答幾乎都是：

「三宅坂有那種裸婦像喔？」

原來大家都沒注意看。

走到國立劇場前，在半藏門左轉，麴町署右轉，沿著永井坂往下就會進入一番町。從一番町十字路口往北前進，可看到「瀧廉太郎居住地遺址」紀念碑。瀧廉太郎的父親是在日出藩（現在的大分縣）擔任家臣的高級武士，他本人則是一位音樂家，從明治二十七年（一八九四年）到三十四年（一九〇一年）四月為止，一直居住在這個地方。只要是日本人一定聽過的〈花〉、〈荒城之月〉、〈箱根八里〉、〈正月〉、〈鴿子咕咕〉等出自他手的歌曲，多半在此地誕生。瀧廉太郎死於肺結核，死時二十三歲。

附帶一提，番町這地方最早因德川家康為大番組（根據不同旗本編制的江戶幕府軍事組織）配置屋敷之故，從江戶時代起，這一帶就開始稱為番町。大番組有六個，町也因此分為一番到六番。此外，眾所周知的怪談故事《番町皿屋敷》據說就發生在青山播磨守的屋敷中，地點正是一番町附近。不過真實性有待商榷。

沿袖摺坂往上走，這附近現在叫做大妻通。往前直走會進入三番町，大妻女子大學和短大就在這邊。以前我曾受邀到這所大學演講，校內到處都充滿女大學生（廢話），那真是難以形容的甘美體驗。我因為父親早逝，從小在女人堆中長大（祖母、母親、五位姊姊和大嫂），所以還能承受得住，像我那只有兄弟沒有姊妹的朋友大概會興奮暴斃吧。

這麼一說我又想起來了，學生時代有個不知該說演技獨特詭異還是與眾不同的喜劇演員東尼谷，忘了他在電視還是在舞台劇中扮演過《番町皿屋敷》裡的青山播摩守。東尼谷將那變態的部分發揮得很好，當時選角的人真有眼光。

走到三番町十字路口左轉。這一區過去曾是屋敷町，難怪有很多大型公寓和大樓。過九段小學不久就是東鄉元帥紀念公園，它的斜對面則是羅馬教廷大使館。東鄉元帥紀念公園的地勢有高低落差，昭和四年（一九二九年），地勢較低的部分開設了上六公園。其後，昭和十三年（一九三八年），東鄉元帥紀念會將鄰接上六公園的東鄉平八郎聯合艦隊長官（曾在日俄戰爭中擊敗俄羅斯波羅的海艦隊）私人宅邸捐出，開設為公園。公園

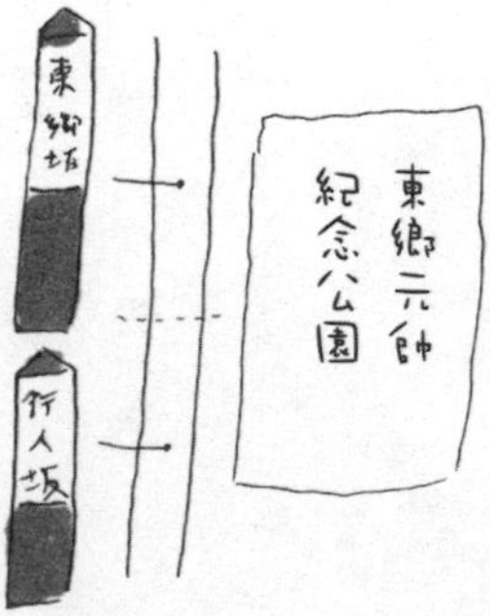

內還留著過去東鄉宅邸中的獅子像和試力石，看起來有些落寞。不知道是誰種下的，不過這座公園一到二月就會有寒櫻盛開，是難得的美景。

走著走著，來到往右看得到東鄉坂，往左看得到行人坂的地方，從這裡往前直走有千代田女學園，再往前則是東洋鋼鈑的公司大樓。事實上，在東洋鋼鈑進駐那棟大樓前，那裡原本是平凡社（出版社）的辦公大樓。事實上，我曾在平凡社工作了七年。

在成為專業插畫家前，我想先學習案主的工作，於是進入廣告公司上班。後來赴美

東鄉元帥紀念公園裡的
獅子像，是石頭雕成的

在紐約生活了兩年後回國，忽然想起自己沒有從事書籍相關工作的經驗，正想進入哪間出版社學習書籍設計時，湊巧在《朝日新聞》上看到平凡社招募若干名（這種徵才廣告的寫法我很討厭）編輯和美編的徵才廣告。迅速寄出履歷表，也通過了書面審查，再經過筆試和實技測驗，總算被出版社選為「若干名」之一。

當時平凡社的辦公大樓，是原本滿鐵副總裁的自宅，整棟建築散發一種和洋融合的風味。由於即將建設新的公司大樓，進入公司後分發到美術科的我，有好一段時間都在附近的出租辦公大樓上班。

進公司後第一份工作是製作給兒童看的圖鑑。四十快五十歲的上司是一位資深編輯，做起事來乾脆俐落，能力很強。唯一傷腦筋的是他經常拿當作編輯參考資料的外文書來叫我翻譯。有英文、法文和德文書，英文也就算了，法文我只在高中時學了個入門，德文則只有大學時修過第二外語的程度。

上司曾這麼對我說：

「聽翻譯專家說，你的翻譯很有想像力啊。」

畢竟我只看得懂兩、三個單字，其他都是憑猜測組織成日語文章的啊。說真的，這種翻譯法太隨便了，我到現在還在深深反省。

舟木八重是當時和我一起進公司的同事之一。當初的徵才廣告有三十歲的年齡限制，所以聽到她比我大五歲時頗感意外（那時我二十九歲）。不管怎麼說，總之她是個美女。

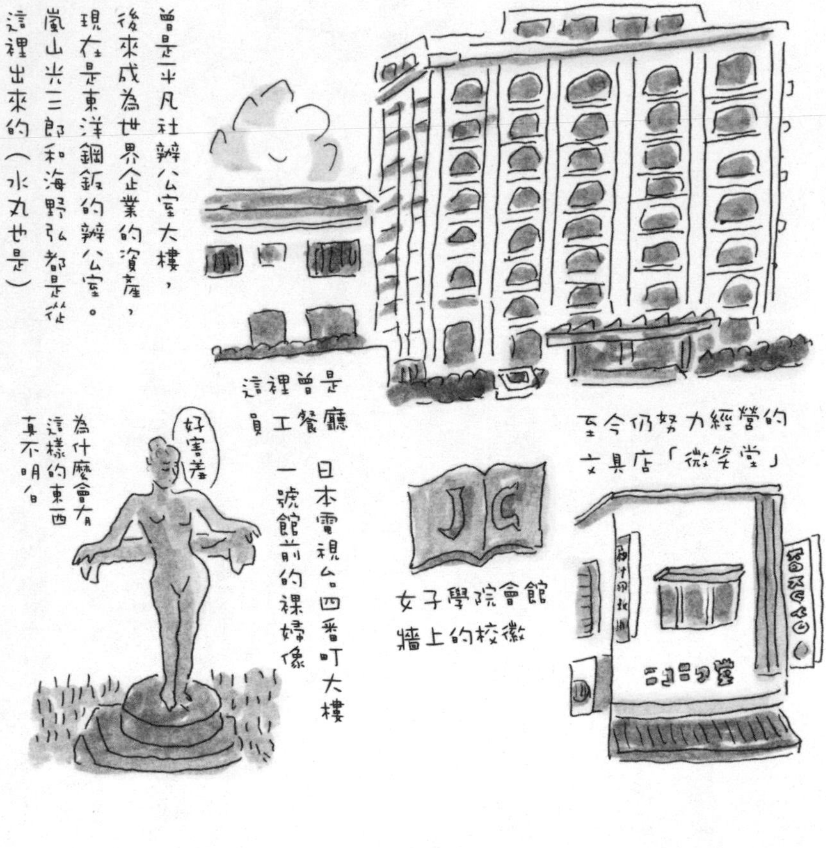
曾是平凡社辦公室大樓，
後來成為世界企業的資產，
現在是東洋鋼鈑的辦公室。
嵐山光三郎和海野弘都是從
這裡出來的（水丸也是）
這裡曾是
員工餐廳
日本電視台四番町大樓
一號館前的裸婦像
好害羞
為什麼會有
這樣的東西
真不明白
女子學院會館
牆上的校徽
至今仍努力經營的
文具店「微笑堂」

新的辦公大樓（在四番町）完工後，我們遷移到那裡上班。我在三樓工作，舟木小姐隸屬祕書室，有時我們會一起搭電梯，這種時候她總是滿臉笑容。我擅自解讀，認為這應該是有希望怎樣的意思。

過不久，我們進展到偶爾會約彼此共進午餐。次數多了之後，雖然我沒實際耳聞，但肯定傳出了一些謠言。我向來有個壞毛病，總認為既然已經傳出謠言了，不如乾脆就豁出去。

很快地，我和舟木小姐開始約會。她是虔誠的基督徒，我們總是約在上智大學的聖依納爵教堂碰面。拉開那扇厚重大門時，她往往正跪在教堂中間祈禱。我從後面拍拍她的肩膀，她緩緩回過頭，真的是個好美的人。和舟木八重小姐的事還是寫到這裡就好。

與平凡社中間隔著一間平房的是上智大學比較文化學部校區。當時南沙織小姐（現在是攝影家篠山紀信的夫人）是那裡的學生。我曾幾度與她擦肩而過，相當清純的女孩。現在想想，不只女學生多，那一帶或許也是美女眾多。現在改成上智大學市谷校區的比較文化學部前有一條叫番町學園通的道路。後來日本電視台也在四番町出現，那一

番町學園通上的上智大學市谷校區

帶逐漸變得俗氣，失去了品味。我經常覺得，只要哪裡一出現電視台，那個地方就會失去品味。我出生長大的赤坂也是，隨著TBS電視台的出現與活躍，街上開了愈來愈多莫名其妙的店。

走進日本電視台通，朝麴町的善國寺坂走去。這道斜坡走到底就是二番町，這一帶地勢相當低，在成為旗本居住地之前，似乎被稱為善國寺谷或鈴振谷。從現在景觀已經完全無法想像了，但當時這裡有屍體遺棄場也有人骨被拋棄在此，實在不是適合人居的地方。善國寺坂下有鰻魚餐廳「秋本」，在平凡社工作時經常在那裡吃午餐。

午餐時間已過了很久，我離開日本電視台通，在接上善國寺坂前走進印度餐廳「AJANTA」，點了拉薩姆湯和羊肉咖哩。這間店以前開在九段的曉星高校後門附近，昭和六十年（一九八五年）才搬到麴町來。我從還在九段時就是他們的愛好者了。

「AJANTA」的創業者名叫迦亞穆提，他的哥哥拉瑪穆提在昭和七年（一九三二年）時，以尼泊爾國王祕書身分來日本出席世界宗教會議。

拉瑪很喜歡日本，就這樣留了下來，一邊在日本經營貿易公司，一邊以日本代表的身分支援曾受甘地指導而投身反英不合作運動的印度獨立運動家錢德拉．鮑斯。拉瑪和日本女性結婚，將弟弟迦亞．穆提接到日本來。迦亞來日本是昭和二十二年（一九四七年）的事，到了日本之後，和大嫂的妹妹酒井淳子小姐結了婚。

有天，迦亞得到一隻雞，於是做了道地的印度雞肉咖哩給哥哥和兩位夫人享用。深受美味感動的淳子夫人決定和丈夫一起在阿佐谷開一家賣咖哩和咖啡的店。據說那是昭和二十九年（一九五四年）的事。那間店就是印度咖哩餐廳「AJANTA」的前身「喫茶AJANTA」。當時能吃到道地印度咖哩的店，就只有新宿的「中村屋」等少數幾家餐廳。我是在進入平凡社工作之後才知道「AJANTA」這家店，「中村屋」倒是從小就常跟著母親去吃。

不久之後，「AJANTA」從阿佐谷搬到九段。如前所述，我常去的「AJANTA」是還開在九段時的店面。第一次吃到羊肉咖哩的香辣與美味，到現在還令我難以忘懷。如今我每次從日本其他地方出差回東京時，總是會直奔「AJANTA」開在東京車站的分店。我的人生沒有咖哩無法成立。

吃著羊肉咖哩，窗外夏日陽光燦爛。

印度咖哩餐廳
「AJANTA」
現在我仍很常去
最喜歡的是拉薩姆湯
和羊肉咖哩

目黑、五反田一帶

前幾天，在前往宮古島的飛機裡聽了相聲。題名是《目黑的秋刀魚》。很久沒聽這個段子了。

現在的年輕人或許不知道這個故事，我簡單說個概要吧。

有天，某位身分高貴的大人遠行到目黑（也有說是去獵鷹的），因為隨從忘了將便當帶上，一行人正餓著肚子時，大人忽然聞到一股美味的香氣。問眾人那是什麼東西的味道，隨從說，那是下等庶民吃的下等魚，叫做秋刀魚，香氣是烤魚的味道。

大人說想吃那東西，畢竟肚子真的餓了。隨從沒有使用烤網、籤串或任何金屬、陶板，而是直接將秋刀魚插進炭火中烤給大人吃（據說這種烤法叫隱亡燒）。雖然秋刀魚本來是不配拿給大人吃的食物，總而言之大人還是吃了。這烤秋刀魚十分美味，第一次得知秋刀魚存在的大人非常滿意。

後來，適逢與親族聚餐，聽說可以吃自己喜歡的東西，大人馬上要求吃秋刀魚。沒想到那裡沒有秋刀魚這種庶民吃的食物。即使如此，家臣還是想辦法找來了秋刀魚。找是找到了，說是烤魚流出的油脂對大人身體不好，眾人一下刮去魚油一下拔去魚骨，把一條秋刀魚拆得支離破碎，好不容易從日本橋魚河岸（江戶時代的魚河岸在日本橋）買回來的秋刀魚，在家臣不必要的擔心下完全不成原樣了。最後大概是作成了魚漿還是魚丸，放在碗裡端給大人吃。吃了一口，大人就對家臣抱怨難吃。

「這秋刀魚是哪買來的？」

「稟大人，是從日本橋魚河岸買來的秋刀魚。」

「唔唔，這可不行。秋刀魚就是得吃目黑的。」

不知世事的大人，滿心相信在目黑抓到的秋刀魚才好吃。

「秋刀魚還是目黑的好。」

我小時候非常喜歡故事結尾的這句話。真是個好故事。

也因為想到了這件事，這次散步的地點就決定從目黑到五反田走走吧。

MEGURO cinema
MEGURO cinema
「秋刀魚還是目黑的好」
電影也在目黑看吧
不知您意下如何

先從工作室到澀谷車站，搭山手線到目黑站下車。晴朗秋日的天空萬里無雲，是絕佳的散步好日子。

雖然是目黑車站，這裡卻屬於品川區。出了車站背對澀谷，左邊是白金台，國立科學博物館附屬自然教育園和東京都庭園美術館都在這邊。我往右邊走，沿著權之助坂一路往下，有一條長長的商店街。越過目黑川上的目黑新橋繼續往前走，來到大鳥神社。這間神社每年十一月舉辦的酉之市是東京都內歷史最悠久的市集，從江戶時代開始至今。大鳥神社的「大鳥」和「大取」發音相通，有獲得許多寶物的意思，因而被視為保佑生意興隆，能夠開運招福的神明，許多商人篤信。我怎麼看都覺得好像是冷笑話來的。

言歸正傳，聊聊我往下走的這條坡道「權之助坂」名稱的由來吧。年代雖然不是很確定，原來過去這一帶曾有個名叫權之助的人，不知道是惡黨還是什麼大人物，總之被官廳抓了，即將處以斬首之刑（既然會被斬首，大概是幕府眼中的惡人吧）。他最後的心願是看一眼擁有畢生回憶的家，被綁在馬上完成了這個心願。從此之後，這條坡道的

不知為何權之助坂這名字
帶有異國風情，取得很好

名稱就成了權之助坂。不管怎麼說，這附近坡道真的很多，地形凹凸不平。

我沿著三折坂往下，朝目黑不動尊前進。三折坂的由來正是因為這條坡道上上下下一波三折的緣故。

儘管常聽人說，今天還是我第一次來目黑不動尊（瀧泉寺）。這是平安時代初期開山創始的寺院，也是東京都內罕見的古剎。

那是距今一千兩百年前的事了。日後成為慈覺大師圓仁（天台宗第三代座主）的十五歲少年，在前往比叡山接受最澄禪師指導的途中，曾經停留在這塊土地上。那天晚上，不動明王出現在少年夢中，似乎給了他某種啟示。為此，成為慈覺大師之後，他才在這裡祭祀不動明王。從此這裡成為關東歷史最悠久的不動靈場，香火興旺，廣大的寺境內仍有許多祠堂與莊嚴的佛像。民眾可在大本堂參拜，但不動明王本尊因是祕佛之故，安置於「櫥子」[1]之中，不可得見。真想親眼拜見本尊啊。除此之外，寺境內還有不動明王真面目的大日如來像、各種石佛以及罕見的狛犬。

少年時代的慈覺大師在夢中見到不動明王，受到某種啟示，我小時候喜歡的女明星也曾出現在我夢中，對我熱情告白。這個跟那個果然還是不一樣噢。

我前往本堂參拜。附帶一提，東京都內的不動明王依眼睛顏色的不同而稱為「五色不動」。這裡的是目黑不動（瀧泉寺，目黑區下目黑），還有目白不動（金乘院，豐島區高田）、目赤不動（南谷寺，文京區本駒込）、目青不動（教學院，世田谷區太子堂）、目黃不動（永久寺，台東區三輪）、目黃不動（最勝寺，江戶川區平井）。

德川三代將軍家光特別尊崇這裡的目黑不動。據說某次獵鷹之時，家光的老鷹不知

1 櫥子為佛具的一種，正面有雙開門，用來安置佛像、牌位等。

飛往何處，消失了蹤影。傳說一名叫實榮的僧人為他祈願，發現老鷹已飛回不動堂石階下的松枝上。那棵松樹的所在地如今還立有紀念標誌。此外，寬永年間（一六二四～四四年），家光有間每次獵鷹時都會光顧的茶店，對店主彥四郎特別青睞，經常親密地喊他「爺啊、爺啊」，店主還因而拜領了茶店方圓一町左右的土地。茶店後來就被稱為「爺茶屋」了。八代將軍吉宗和十代將軍吉治、十二代將軍家慶都曾前往這間茶屋，至今仍留有紀錄可循。

午餐時間已到，我在目黑不動尊前的「八目鰻西村」（目黑店）吃鰻魚定食飯

目黑區的古剎
目黑不動尊

盒。「八目鰻西村」於大正十五年創業於巢鴨，因為生意往來的關係，西村家的長女和鰻魚批發商的兒子結婚，打著「八目鰻西村」的招牌在此開了分店，兩人正是上一代老闆與老闆娘。

我先參觀了五百羅漢寺，再前往有「章魚藥師」別稱的成就院。總覺得已經從「美女散步」變成「寺廟散步」了。

在東京的寺廟中，五百羅漢寺是罕見要收參拜費的（大人三百日圓），不過絕對值得。本堂中有許多羅漢（釋迦的弟子）像，分別寫著名字和羅漢箴言。當內心有所迷惘時，請務必來這裡聽聽羅漢說的話。比起無趣的人生指南書要好太多了。

成就院別名章魚藥師，這裡也有與前述慈覺大師圓仁相關的傳說。渡唐學習密教的慈覺大師回國時乘的船遇上暴風雨，於是他將念持佛藥師如來像拋入海中獻神，最後終於得以平安歸國。某天慈覺大師在海岸邊看到當初投入海中的藥師如來像坐在章魚身上漂浮於海面。後來，大師模仿佛像的樣子雕於靈木，以胎內祕佛的形式奉納，是為章魚藥師。

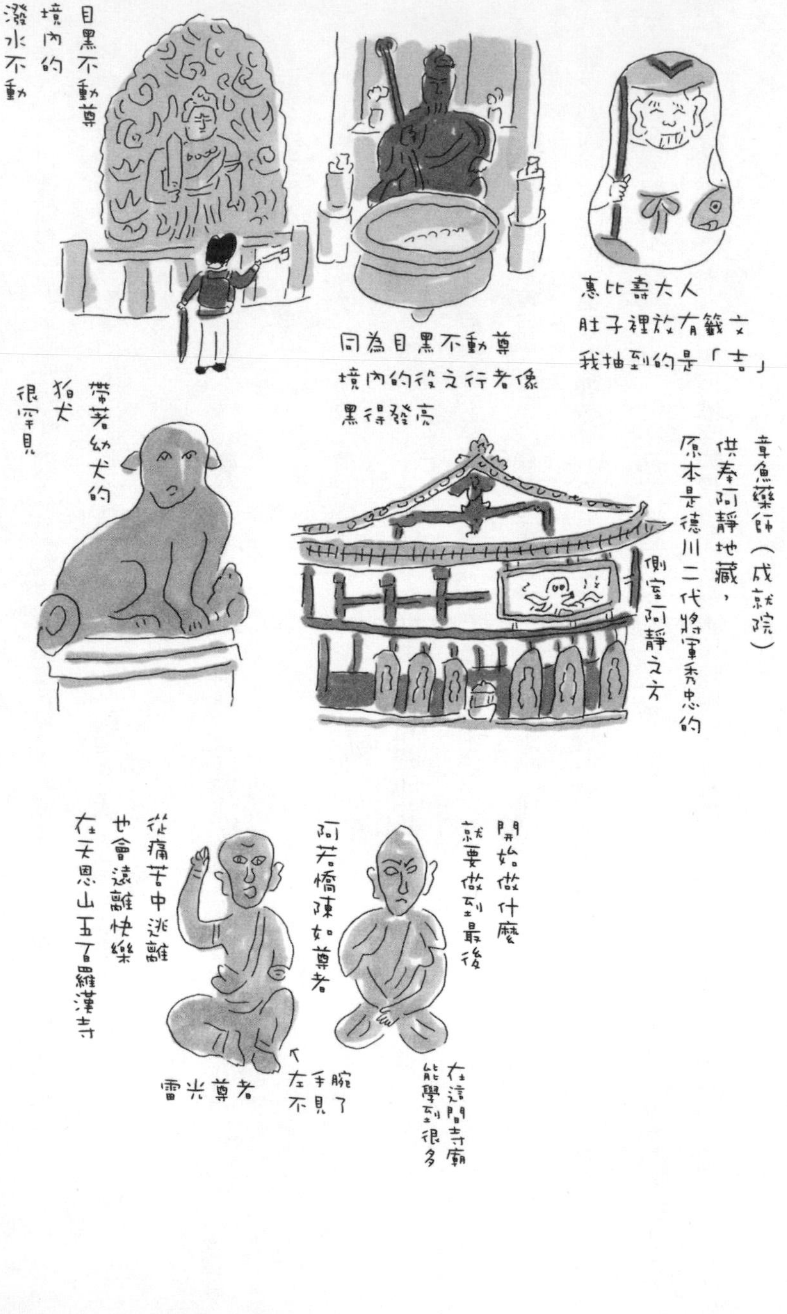
目黑不動尊
境內的
潑水不動
同為目黑不動尊
境內的役之行者像
黑得發亮
惠比壽大人
肚子裡放有籤文
我抽到的是「吉」
帶著幼犬的
狛犬
很罕見
章魚藥師（成就院）
供奉阿靜地藏，
原本是德川二代將軍秀忠的
側室阿靜之方
開始做什麼
就要做到最後
阿若憍陳如尊者
從痛苦中逃離
也會遠離快樂
在天恩山五百羅漢寺
雷光尊者
左手腕
不見了
在這間寺廟
能學到很多

嗯，慈覺大師真是相當具有創意。如果活在現代，一定能成為幹練的製作人。成就院裡還有「阿靜地藏」。由來與德川二代將軍秀忠（拍成ＮＨＫ大河劇的阿江之夫）側室阿靜有關。

佛像狂熱者請務必來這一帶散步。在徒步距離內能參拜這麼多佛像與石像的地方可不多見。

接著，我從不動門前通進入柳通。走得有點累了，打算找個地方小歇一會兒，正好看到倉庫改建的咖啡店，於是進去喝了杯咖啡。店名是「CHUMAPARTMENT」。即使是明日下午，店裡還是有許多年輕男女。聽說二樓有賣一些餐具食器，喝完咖啡之後我便上樓一窺究竟。店內擺了許多時髦的陶器。話說，太注重外表的店往往很危險，青山一帶的服裝店也適用這個道理。其實什麼事都一樣，沒有什麼美能勝過「實用之美」。咖啡很好喝就是了。

搭計程車朝五反田前進。五反田明明很近，我卻不會來這裡。明知仔細逛的話也有很多引人入勝的地區，但就是沒有過來的需要。

首先，我在「品川百景」之一的五反田公園櫻花行道樹下散步。雖然季節不對，石板坡道的情調還是挺不錯的。明年櫻花盛開的季節一定要來這裡走走。搖曳的陽光透過樹葉縫隙灑落。

走進住宅區，住在那條路上的人不管怎麼看都是過著富裕生活的人。印度大使館也在這一區。不用說，前印尼總統蘇卡諾一定也來過。我在腦中想像年輕時的總統與黛比夫人。四周沒有人，偶爾有高級轎車開過。

見到名為「合歡樹庭」的公園，於是走進去看看。我對自己的無知感到可恥，因為看了庭園內的標示板，我才知道這座公園原本是皇后美智子陛下娘家，也就是正田宅邸所在之處。身為第一位由民間嫁入皇室的太子妃，美智子妃於昭和三十四年（一九五九年）四月十日嫁給皇太子殿下（當今天皇陛下）（當時我就讀高一）。

兩人乘坐馬車的電視畫面至今仍鮮明地留在腦海中，大概在那一年之後吧，我從高中放學時，親眼看到身穿喪服，正要走進護國寺的美智子妃殿下。心裡想她真是好美的人。

穿過閑靜的住宅區，往池田山公園走去。從前池田山公園一帶的名稱是「霞崎」。寬文年間（一六六一～七三年），岡山藩池田家在這裡蓋了下屋敷，面積廣大，足足有一萬一千六百四十二坪（三萬八千四百十九平方公尺）。位置相當於武藏野台地前端高地，適合登高望遠。若從目黑川方向抬頭看，看起來就像一座山，似乎因此而被稱為「池田山」。

公園裡如谷底之處有水池，周圍是一片綠意盎然的樹林。大概是住在附近的孩子吧，大約十個左右的小女

在CHUMAPARTMENT
看到的陶器擺飾
應該是白熊吧

獲選為「品川百景」的五反田公園
成排的櫻花樹

孩正在那裡玩現在已經很少人玩的官兵捉強盜，真難得。從長相和舉止就能看出她們過著多麼優渥的生活。體型已隱約出現女性特徵，將來一定會長成出色的女人吧。看著奔跑的少女們，一邊這麼想，一邊離開公園。很快就要進入紅葉季了，樹木們看起來也像迫不及待。

穿過住宅區，搭上計程車準備回家。把手插進口袋時，手指摸到一個小紙袋。這才想起我在五反田TOC大樓裡的中南美民俗工藝品店買了骷髏人偶。我有時會把這類人偶畫成插畫。內心期待著也把它畫下來。

忽然想起關於五反田地名的事。在柳田

國男的《地名研究》中提過「五反田地名的由來是這裡的田地以五反為一區之故」[2]。現在已是高級住宅區的五反田，過去也曾是農家和田地吧。我在關於品川區歷史的書中讀過，從江戶時代到明治時代，這附近田園廣闊，種滿了白蘿蔔、紅蘿蔔、南瓜、茄子和小黃瓜等農作物。農家使用的肥料是從品川宿或芝、高輪一帶運來的人肥。農家則以蔬菜做為謝禮交換。

走在今天的五反田（尤其是東五反田），根本難以想像這一帶過去曾經有過這樣的歷史。

山手線五反田站啟用於明治四十四年（一九一一年）。可以說是有了這個車站之後，五反田這個地方才廣為人知。

這次散步的地點目黑和五反田，平常搭山手線時都會經過，只是一直沒有機會造訪，也因此收穫出乎意料地多。土地，不實際踏上去走走很多事是不會知道的。我深切感受到，東京這地方真的有很多不同的面貌。

2「反」為日本古時單位量詞，一反約為九百九十平方公尺。

夕陽已染紅西方天際，我回到目黑站，眺望潺潺流過的目黑川。不知何處傳來烤雞的香氣，喉嚨正好也渴了，雖然時間還有點早，我還是踏上了權之助坂。

2013年

目白一帶

上次為了連載的工作造訪目黑不動尊之後，開始莫名對其他四色不動尊感興趣。其中尤以和目黑不動尊一樣，連地名和車站名都相同的目白特別吸引我。心想哪天也要花時間好好去逛一下。還有，儘管跟目黑完全沒有共通處，目白一帶與我也頗有淵源。

首先，我高中畢業於護國寺旁的日本大學豐山高等學校，然後進入日本大學藝術學部就讀。大學畢業時的謝師宴在椿山莊舉行，其實我結婚也在椿山莊。從目白稍往北有個叫千早的地方，那裡有一所私立城西學園（現在改為城西大學附屬城西高等學校），曾擔任這間學校校長，後來創辦城西大學的教育家新藤富五郎是我的親戚，在我進電通工作時，還請他做我其中一位保證人。

有些關係扯得比較遠，不過這大概就是我和目白之間的淵源。只有這種程度的關係令我感到些許不安，所以這次的散步除了目白外，還想另外加入高田馬場。

從位於神宮前三丁目的工作室出發，徒步走到山手線原宿站，搭上往池袋的電車，在高田馬場下車。

一說到高田馬場，我最先想到的是早稻田大學和堀部安兵衛。

高田馬場地名的由來是江戶時代位在這區東側的弓馬訓練所。其實地名是戶塚，原本應該稱為戶塚馬場才對，之所以稱為高田馬場，乃是因為德川家康第六子松平忠輝的生母高田殿曾來此地遊覽，因而得名。

從JR高田馬場站出來，沿著神田川邊的新目白通往早稻田大學方向走去。過了面影橋不久就是山吹之里碑。相傳太田道灌來此獵鷹時遭逢大雨，向農家商借簑衣時，一位姑娘出來，折下庭院裡盛開的山吹枝送他，這個有名的故事便是石碑的由來。這個故事大家都聽過，我只說說那位姑娘的名字，她名喚紅皿，紅皿之墓在東大久保（現在的新宿六丁目）大聖院。

再說到堀部安兵衛，現在年輕人大概都不知道是誰了吧。安兵衛生於寬文十年（一六七〇年），是越後國（新潟縣）新發田溝口家家臣之子（現在新發田城正門前還有他的銅像）。本姓中山。

父親死後，十九歲的安兵衛來到江戶，師事於小石川牛天神下的劍客堀內源左衛門。憑著天賦的高明劍術，很快得到師父全副真傳，成為堀內道場四天王之一。

堀部安兵衛最有名的復仇事件就發生在高田馬場。

趕到高田馬場的堀部安兵衛
喝了一升酒
酒行現在仍在馬場下營業（小倉屋）

時值元祿七年（一六九四年）二月。安兵衛的叔父菅野六郎左衛門與人起口角，最後演變為在高田馬場決鬥，對手是村上庄左衛門與其弟三郎衛門等共八人。得知叔父有難，安兵衛立刻從如今中央區八丁堀的長屋趕往高田馬場相助。途中在馬場下的酒行喝了一升酒。那間酒行叫「小倉屋」，一直營業到今天（從地下鐵東西線早稻田站西口出來就看得到）。據說安兵衛當時使用的酒杯還珍藏在酒行第十五代店主栗林先生手中。

結果安兵衛沒能趕上，抵達時叔父已經倒地不起。安兵衛向圍觀者中的一個小姑娘借了衣帶，用來綁起自己的衣袖，接著瞬間斬倒八名對手。事實上，這段故事幾乎是後人編造的。

以下是真實情況。當時安兵衛其實是來向住在四谷的菅野六郎左衛門請教學問，再過不久就要以菅野六郎左衛門表弟的身分效命於市谷加賀屋敷的旗本家。提出決鬥要求的也不是八人而是三人，安兵衛當時是從加賀屋敷趕往高田馬場的。那年安兵衛二十五歲，自認年輕又有膽識，即使對手有三個人也能應付得來。不管怎麼說，安兵衛確實很強。

借他衣帶的姑娘名叫阿幸，她的父親是赤穗城主淺野家的家臣，名叫堀部彌兵衛。彌兵衛十分賞識安兵衛的男子氣慨，要他入贅堀部家，與阿幸結婚。據說阿幸長得很美，但她當時才五歲。因此，與其說堀部彌兵衛收安兵衛為贅婿，還不如說是收他為養子。

成為堀部安兵衛的中山安兵衛於元祿十五年（一七〇二年）十二月十四日，以赤穗浪士之一的身分，隨同養父堀部彌兵衛殺入吉良上野介的屋敷復仇。隔年二月四日，在幕府的決斷下切腹自殺。享年三十四歲。連高田馬場那次算進去，他的人生兩度與復仇扯上關係，只能說世上什麼樣的人生都有。

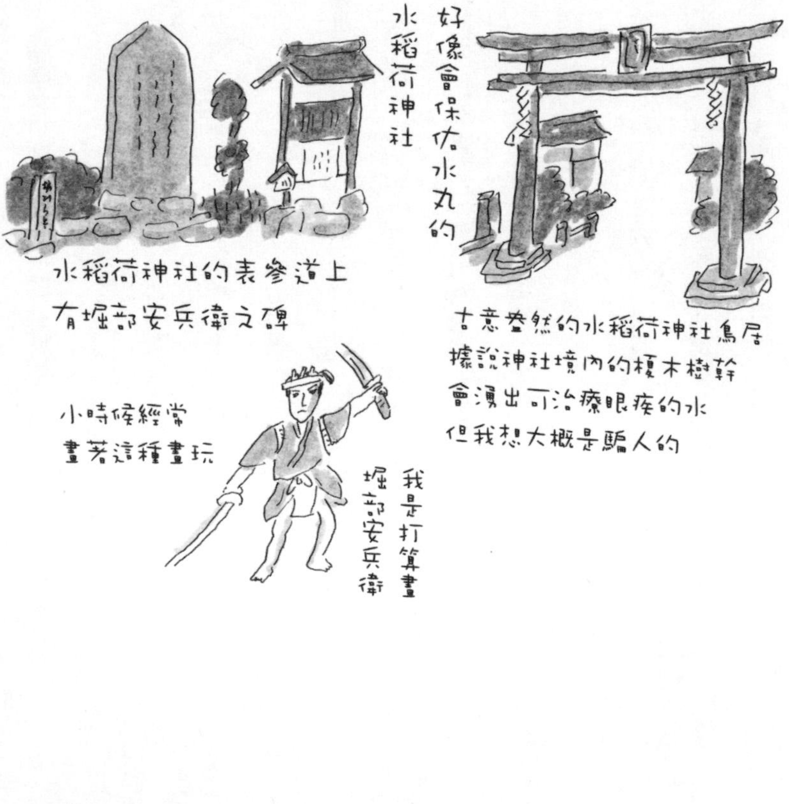
好像會保佑水丸的
水稻荷神社
水稻荷神社的表參道上
有堀部安兵衛之碑
古意盎然的水稻荷神社鳥居
據說神社境內的榎木樹幹
會湧出可治療眼疾的水
但我想大概是騙人的
小時候經常
畫著這種畫玩
我是打算畫
堀部安兵衛

關於堀部安兵衛的故事說得長了點，簡單來說就是高田馬場也曾發生過像西部電影一樣的事件。附帶一提，高田馬場遺址在現在的西早稻田三丁目。

我前往早稻田通上的穴八幡宮參拜，再踏上夏目坂通，前面提到安兵衛喝完一升酒的小倉屋酒行以及夏目漱石的誕生地都在這條路上。漱石是當時牛込馬場下這地方的名主夏目直克最小的兒子。這一帶的地名後來改為喜久井町，也是從夏目家的家徽「井桁與菊花」而來。漱石生於喜久井一番地，前面的夏目坂是漱石父親直克取的名字。對這一帶的事有興趣的人不妨讀一讀夏目漱石的著作《玻璃門內》。

就像喜久井町，新宿周圍有不少昔日的町名依照原樣保留至今，這是值得高興的事。真希望其他地區也能如此。

走累了，攔輛計程車回到JR高田馬場，朝目白站出發。老實說，原本只當順便逛逛的高田馬場，沒想到是個這麼有趣的地方。高田馬場也有很多舊書店，雖然很想進去看看，還是先忍住了。

JR目白車站前的環境很舒服。橫過眼前的是目白通，馬路對面有川村學園。朝可

漱石公園的資料展示室
對漱石迷來說是不可錯過的地方
右邊的「貓塚」並不是
《我是貓》那隻貓的墳墓

夏目漱石在這裡寫下《坑夫》、《三四郎》、
《從此之後》等作品

看到池袋街道的方向往右走就是學習院大學。繼續往右走下去，地址會從目白區進入文京區，日本女子大學就在那裡。考慮到連載的文章，這一帶正可說是最適合進行美女散步的地區。

首先，我朝位於西池袋的自由學園明日館走去。這間學校的名字讓人有點尷尬。走在閑靜的住宅區中，轉過幾個彎就能看到自由學園的校舍了，校舍的設計者是以設計舊帝國飯店而名聲響亮的建築師法蘭克．洛伊．萊特。以中央大樓為中心，朝左右兩側延伸的東教室大樓和西教室大樓形成完美的對稱，實在非常美。這種刻意壓低高度的設計，聽說稱為草原風格（Prairie Style）。

法蘭克．洛伊．萊特是生於美國的世界知名建築師。大正十年（一九二一年）羽仁吉一、素子夫妻創立了自由學園，介紹羽仁夫妻與萊特認識的是在萊特為了設計舊帝國飯店而赴日時，擔任他助手的遠藤新。據說羽仁夫妻的教育理念引起了萊特的共鳴，因而答應設計校舍。姑且不論教育理念如何，這被稱為法蘭克．洛伊．萊特第一次黃金時代的設計相當值得一看。對建築有興趣的人請務必聯絡館方（星期一休館）。

參觀完自由學園明日館，我回到JR目白車站，下一站是去看看感應寺遺址。

感應寺是德川第十一代將軍家齊在愛妾美代之方的父親日啟慫恿下興建的寺廟。日啟擅長加持祈禱，勢力龐大，不僅與大奧的宮女們私通，甚至能夠單獨獲得將軍接見。

這樣的日啟卻於天保十二年（一八四一年）突然遭處流放遠島之刑，感應寺也破寺解散。原因是宮女混在大奧進獻感應寺的物品中，用附有輪子的箱子偷偷運進寺內，與寺僧交合，換

目白車站視野寬廣
讓人心情很好

學習院
校門上的
校徽

自由學園
明日館
法蘭克・洛伊・萊特設計的

句話說就是敗壞風紀。雖然不知道是真是假，聽起來還真像色情電影的內容。日啟這個男人如果生在現代，肯定是個高明的製作人。

沿著目白通往學習院大學方向走，這一帶的散步道走起來真的非常舒服。路上美女很多，不知道是日本女子大學還是學習院大學的學生，她們的腿長正好適合穿迷你裙。我個人認為太長的腿很噁心，不管什麼事都一樣，剛好最好。只要保持「實用之美」就可以了。

一直走到日本女子大學附近的東京關口教會聖瑪利亞主教座堂。設計者是設計了東京都廳的丹下健三。東大建築科畢業的詩人立原道造死於年紀輕輕的二十四歲，一樣是東大的丹下比立原小一屆。東京關口教會聖瑪利亞主教座堂興建於昭和三十九年（一九六四年）。雖然常聽見批評丹下健三的意見，我個人倒滿喜歡這位建築師。

回到前面的話題，剛才提到的詩人立原道造之墓和我家的家墓一樣設在谷中多寶院。因為就在旁邊，每次掃墓時我都會順便給他上香。

稍微往回走，朝這次散步的重點——金乘院走去。金乘院在陡急的宿坂坡道下。

宿坂的名字由來似乎是中世紀時這裡曾是「宿坂之關」的緣故。另外，江戶時期興建暗闇坂和神田上水道工程時，舊神田川邊的砂石採集場似乎也在樹木繁茂的這一帶，所以也有人稱之為砂利場坂。

金乘院的創立年代不明，但至少有四百年歷史。目白不動尊以前安置於文京區的關口，戰後才遷移到現在這裡。這尊不動明王是守護江戶的著名「五色不動」（青、黃、赤、白、黑）中最有名的一尊，據說目白之號是寬永年間（一六二四～四四年）由三代將軍德川家光所贈。之前參拜的目黑不動尊是祕佛，無法親眼得見，相較

丹下健三代表作之一
東京關口教會聖瑪利亞
主教座堂
椿山莊附近的Y字路
我從以前就很喜歡椿山莊

丸橋忠彌之墓
金乘院的御堂
供奉的目白不動明王
是五色不動明王之一
寶藏院流槍術高手丸橋忠彌
因加入油井正雪
主謀的事變
最後被處以磔刑

之下，金乘院這裡則可從院內一隅的御堂拜見目白不動尊（只是不能靠近，所以難以確認祂白色的眼睛）。

傳說這尊不動明王乃弘法大師所造，不知真實性有多高，我自己是半信半疑。

在金乘院另外有個收穫，以寶藏院流槍術高手而聞名的丸橋忠彌之墓也在這裡。忠彌經常出現在新國劇的劇目（辰巳柳太郎的拿手好戲），也常在少年雜誌中讀到關於他的記述。伊藤彥造描繪下被捕快包圍的丸橋忠彌真的很帥。

丸橋忠彌加入油井正雪主謀的慶安事變，計畫助他推翻幕府，卻遭人密告而被捕，最後處以磔刑。關於丸橋忠彌的出身眾說紛紜，有一說他是在大坂夏之陣中遭處死的土佐長宗我部盛親側室所生的孩子，內容如同小說，甚是有趣。河竹默阿彌的歌舞伎《樟紀流花見幕張》（慶安太平記）中也提到丸橋忠彌的本名是長宗我部盛澄。

跟著「丸橋忠彌之墓」指示牌在墓地之間行走，在銅板屋頂下找到忠彌之墓，我站在現代年輕人可能根本不認識的忠彌墓前雙手合十。

金乘院的墓園裡還有以開設「青柳文庫」聞名的商人青柳文藏之墓。文藏的追悼碑文以蜀山人的字刻成。接著我去看了刀劍供養塔「鐔塚」及刻了俱梨伽羅不動庚申與青面金剛的「庚申塔」，然後才離開金乘院。

夕陽西斜，寒氣纏身。爬上宿坂再重新沿著目白通走回JR目白車站。途中，在右手邊看到鬼子母神表參道入口的招牌，不過這裡我去過很多次了，這次就先過門不入吧。鬼子母神最有名的是用芒草作成的紅耳雕鴞。在東京的鄉土玩具中算是做得很好的。我手邊一直珍藏有在鬼子母神求的除魔土鈴。

抵達JR目白車站時，西方天際已是一片火紅，池袋街燈閃爍。

目白不動明王所在地金乘院的
山門，右邊是不動明王石像

大島一帶

插畫在青山的工作室畫，文章則在鎌倉市K山的房子裡寫。我向來將K山的房子當作書房使用，因為很安靜，最適合用來寫稿。母親過世後，我繼承了這間房子，在那之前我連K山的地名和這棟房子的歷史都沒聽過。

從JR鎌倉站西口（相對於有鶴岡八幡宮的東口，地方上的人都稱西口為後站）搭計程車，大約十分鐘就能上K山了。第一次來看這棟房子時我驚訝得說不出話。這是一棟搭在傾斜地上的破爛兩層樓日式家屋。我心想，這樣的房子繼承來幹嘛呢，只能賣掉了吧。沿著樓梯走上二樓，眼下正好看得見大海，是七里濱。

於是我整修了這棟房子。如本文開頭所說，寫稿的工作總是在這棟房子裡進行。寫累了就走到陽台上看海發呆。冬天天氣好的日子，可以看到伊豆大島和附近的利島出現在海平面上。

有天我忽然想到一件事，伊豆大島也屬於東京啊。寫了這麼多，因為這些前因後果，這次我的散步地點就決定到伊豆大島上去。滿心都是對美女餡娘的期待。

伊豆大島位於伊豆諸島最北端，整個島就是一個町，名為大島町。昭和三十年（一九五五年）將元村、岡田村、泉津村、野增村、差木地村和波浮港六個村子合併成大島町。大島是伊豆七島中最大的島，東西長九公里，南北長十五公里，繞行大島外圍一圈則是五十公里。島的形狀將近橢圓形，正好像顆米粒。聳立在中央的三原山是由成層火山（陸續噴發的熔岩和火山灰分批堆積在火山口形成層狀的圓錐形火山）形成的複式火山。熔岩流一直流到海岸線，使得整個島上缺乏平坦地勢。附近有黑潮流過，氣候溫暖多雨。

以上是這座島的概要，其實我和這座島還有一段緣分。一九八〇年代，有大約十年的時間，我在這座島上擁有一棟別墅。地點是一個叫野增的地方，得由大島環島道路往山上走一段。從別墅透過山茶花樹林望出去，可以看到太平洋。風景好的沒話可說，問題就是來島上的交通實在太不方便了。每次來都要先搭新幹線到熱海，再從那裡搭船。入港的時候，如果沒有風就從元港町入港，如果風浪大就從岡田港入港。之所以在這個島上買別墅，並不是因為我喜歡釣魚，只是對茶花盛開的島頗有興趣罷了。再說這裡的地真的非常便宜，兩百坪的地還附帶一棟新房子。我總是在這裡看海放空或看書，可是不久之後就膩了。不管怎麼說，到島上來的交通實在太不方便。我在這裡擁有別墅的那十年，總共只來過不到十次。最後還是把別墅賣給

晴朗的日子站在弘法濱
可以看到伊豆半島和利島

大島町鄉土資料館
從前的人住在這種民房

喜歡釣魚的朋友了。

這次上大島，是從竹芝棧橋搭高速船來的。從羽田或調布好像也能搭飛往島上的飛機，不知為何我就是想搭船。高速船花了不到兩小時就進岡田港了。這天的浪很大。

賣掉別墅後已經超過二十年沒來了，港口附近還是一點都沒變。走下棧橋，今敷實（假名）笑吟吟地等在那裡迎接我。今敷是我在大學當講師時修我課的學生。出身大島町的他當時在大學專攻平面設計，不知為何現在卻回到家鄉幫忙家裡魚店的生意。這次為了請他當我的導遊，睽違已久地聯絡了他，他也爽快答應。

「現在是山茶花開得最美的時候喔，可是老師，這裡沒有什麼美女，請不用太期待。」

打電話請他幫忙時，今敷說的話還殘留在耳朵深處。

搭上他的車，前往位於泉津的山茶花隧道。在深綠色樹葉包圍下，山茶花看起來就像點點火星屑。山茶是我很喜歡的花。

沿著海岸線走到大島公園，進入山茶花園（入園免費）。觀光客很多，不管哪條路

在大島公園內的山茶花園
餡娘長得很漂亮
身上的傳統服飾也很棒

從舊港屋旅館通往舊甚之丸邸的
踴子坂

美麗的海鼠壁

舊甚之丸郎
宅邸

上都開滿山茶花，也都看得到遊客。到處都有打扮成**餡娘**的年輕女性站在路旁笑著和觀光客拍照。今敷問我要不要也拍一張，我搖搖頭。

我第一次知道**餡娘**這名稱，是從都春美的歌〈餡娘茶花是戀之花〉裡的歌詞聽來的。這首歌的作詞者是星野哲郎，作曲者是市川昭介，其中第一句歌詞一直讓我想不通。「晚了三天的船班，駛離了波浮港」，歌詞是這麼唱的，可是進出波浮港的應該只有漁船，沒有客船啊。

算了，就配合流行歌的氣氛讓客船從波浮港出發吧。

再說到**餡娘**。聽說這原本是對年紀較長或身分較高的女性使用的敬稱**姊娘**（ANEKO），後來訛傳成了**餡娘**（ANKO）。不管怎麼說，**餡娘**的傳統服飾實在是太可愛了。絣織（Kasuri）和服配上繫在腰上的前圍兜，頭上綁著圓點圖案的手巾。前圍兜不說圍裙，因為還兼有和服腰帶的作用。換句話說，這種傳統服飾沒有腰帶。現在雖然多半用來吸引觀光客，過去應該不是什麼特殊服裝，就是平常穿的衣服或工作服吧。話雖如此，一想到鬆開那片圍兜整件衣服就會散開……呃、還是別亂想太多好了。與其說站在山茶花前的**餡娘**是美女，不如用嬌俏可愛來形容更適合。

最近我常覺得日本女性的長相已經從昭和臉轉變為平成臉了，這讓我有點落寞。

保元之亂落敗流放大島的源為朝館邸遺址大門是一道赤門

位於館邸內的為朝神社

為了回岡田港，我們再次穿過山茶花隧道，來到大島最北端的海角「乳崎」。站在這裡往前看可以看到伊豆半島，往後可以眺望三原山。快到海角那一帶曾是與源為朝有關的古戰場，留下為朝以擅長的強弓擊沉追兵狩野茂光軍船的傳說。

在元町港吃了遲來的午餐後，今敷說附近有個叫濱之湯的溫泉，問我要不要去泡露天溫泉。擔心泡完溫泉會著涼，最後還是忍著沒去。因為附近還有源為朝的館邸遺址，想想就進去看了。這裡是俗稱赤門的武家門內側，據說是在保元之亂中落敗，遭流放大島的源為朝居住的館邸遺址。廣及一萬平方公尺的建地內，有旅館、小規模的資料館，還有植物園、為朝神社、瞭望台、地洞以及名為「四手」的裝置。四手是住在缺乏水資源的火山島居民挖空心思想出的集水方法。作法是在樹幹上綁繩子，底端吊著水壺，讓雨水沿著樹幹和繩子流進水壺，做為飲用水使用。

說到源為朝，他可是我孩提時代的英雄人物，稱為**面子**的紙牌上就經常描繪著他英勇的身姿。為朝是源為義的第八個兒子，也就是源義朝的弟弟。聽說他的母親是個遊女。他在十三歲時因惹怒父親而被趕到九州，自稱鎮西八郎。剛猛善戰的他名聲遍及九州全土。

後來為朝在保元之亂中落敗，逃往近江，之後正欲再逃往九州時被捕，遭抽去肩膀肌腱後流放伊豆大島。因為他最擅長的武器是大弓，為了讓他無法使弓才會抽去肩膀的肌腱吧。

流放到大島的為朝娶了島上代官藤井三郎太夫重忠的女兒，憑著拿手強弓，以大島為根據地大鬧伊豆諸島，最後在奉朝廷之命前來討伐的狩野茂光攻擊下自殺。不過，英雄往往留下許多傳說，為朝也不例外，有一個說法是他從島上逃脫，輾轉經過新島、八丈島，最後遠渡琉球並據地為王。

這類傳說實在很令人嚮往。不管是源義經的渡島傳說、豐臣秀賴流落薩摩，或是西鄉隆盛入西伯利亞等，都是聽了令人熱血沸騰的故事。

位於為朝館邸遺址西北方的長根濱，松樹的綠色與碧海的深藍形成美麗的對比。這裡豎立著刻有為朝一生事蹟的石碑。太陽西下時，西方海面染成了一片淺淺的橘紅色。

我先回飯店一趟，再搭計程車到和今敷約好碰面的元町小餐館。飯店離三原山很

長根濱公園
讚頌這位歷代
罕見的英雄
擅長大弓的高手
鎮西八郎為朝
英勇事蹟的紀念碑

高約三十公尺的
筆島

近，拉開窗簾就能看見被淡墨色籠罩的漆黑三原山。

和今敷約定碰面的小餐館在東京都大島支廳附近。女服務生都穿著**餡娘**傳統服飾，讓我有點心癢難熬。

「每天都打扮成這樣嗎？」

「不、只有茶花季的時候才這樣穿，大概穿到三月底吧。」

用加了辣椒的醬油醃的武鯛魚叫「鱉甲」，這道菜很下酒。表面炙烤過的四破魚生魚片也很適合當下酒菜。我喝得微醺才上床睡覺。

隔天早上，搭今敷的車南下，沿著海岸往波浮港前進。海面白浪滔滔。經過以前我的別墅所在地野增後，就到了伊豆諸島瞭望台，這裡可看到地層剖面的景觀。這長達六百公尺的地層剖面展示著三原山的噴發歷史。茶色層是火山灰，黑色層是名為「火山渣」的小石狀噴發岩（玄武岩質地的偏黑色氣孔石）。分布各處的白色層則是大約一千兩百年前噴發的神津島火山灰。

從波浮港瞭望台俯瞰波浮港。呈硬幣盒形狀的港灣最適合當作漁港，自古以來也一直

大島最受歡迎的觀光地就是三原山和波浮港

是漁船等待風浪平息時的停泊港。瞭望台上豎立著秋廣平六像，他是寛政十二年（一八〇〇年）開港時建設村落，奠定波浮地區發展基礎的人。不只大島，秋廣還協助利島移植山茶花，並前往三宅島、御藏島等地傳授炭燒技術，是一位對伊豆諸島產殖事業有很大貢獻的人物。此外，這裡也立有前述都春美那首〈餡娘茶花是戀之花〉的歌碑。

波浮港位於大島東南端，據說是從大約一千兩百年前發生的水蒸氣爆炸中產生的火山湖遺跡。古時曾被稱為「波富之池」，元祿十六年（一七〇三年）因地震與大海嘯之故，東南方的火山壁崩坍，變成了與外海相通的港灣。之後，經歷寛政十二年的整修及好幾次的開挖工程，將港口向下掘深後，變成可容中型船隻進入的海港。港口東側逐漸形成城鎮，現在站在面海的石矮牆上，還可望見從前船東的房子（舊甚之丸邸）和踴子之里資料館（舊港屋旅館）。港口周邊的房舍散發著一股海港情調。

港口東側立有歌碑，上面刻著野口雨情作詞，中山晉平作曲的〈波浮之港〉其中一節歌詞。

岸邊的海鳥，太陽下山即歸返
波浮之港，晚霞染紅天際

歌詞雖然是這麼寫的，其實波浮港位於島東側，應該看不見夕陽才對。因此，我好像在哪讀過不知道誰寫的文章說，野口雨情寫這首歌詞的時候根本沒看過波浮港。總歸一句，這首歌無論是第一次演唱的佐藤千夜子版本，還是後來演唱的藤原義江版本都曾風靡一時。

繞過波浮港往東北走，眺望站在御體根海岸前的筆島後，朝大島機場啟程。事先已經預約好回東京的班機了。

筆島是一塊高約三十公尺的岩石，因狀如筆尖而得此名。根據島民的信仰，認為筆島上棲有神靈，因此也稱它為御體根。對岸是高約兩百公尺的御體根海岸，放眼望去，就像一幅會出現在法國畫家庫爾貝（Gustave Courbet）畫中的歐洲風景。

我在大島機場與今敷實道別，在紀念品賣場買了明日葉，把今敷送我的臭魚乾放在包包裡，走向登機門。

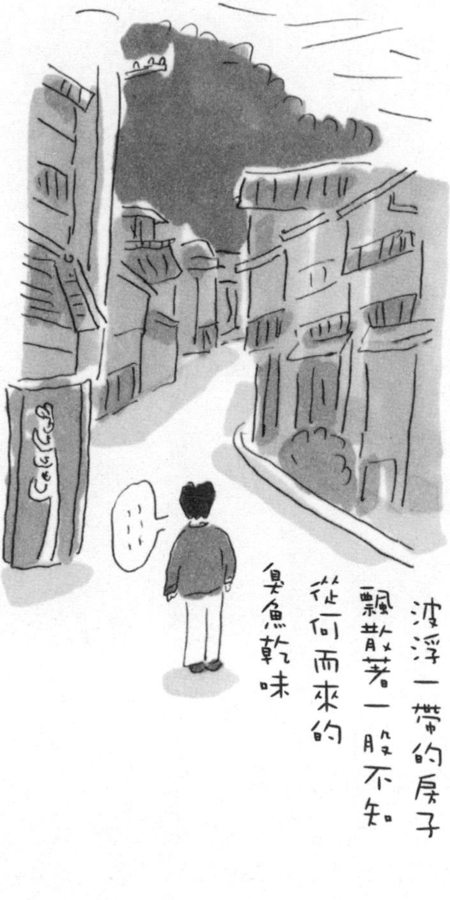
波浮一帶的房子
飄散著一股不知
從何而來的
臭魚乾味

江古田、練馬、石神井公園一帶

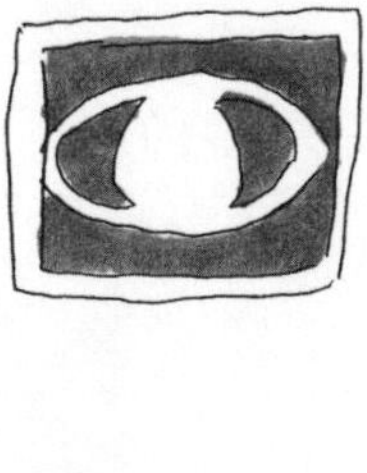

我在昭和三十六年（一九六一年）二月某天去考日本大學藝術學部美術科。當時是我有生以來第一次踏上西武池袋線江古田站。明明那時還不知道會不會考上，光想到每天要從這個車站走到大學就覺得討厭，總覺得是個讓我提不起任何興致的地方。可是命運就是這麼捉弄人，後來我每天通學都得經過這裡。

最後我還是考上了日大藝術學部美術科，四年後畢業，主修平面設計。

東京有好幾所美術大學，之所以選擇報考日大藝術學部，是因為學部主任曾有留學包浩斯[1]的經驗，在簡介中提及會將包浩斯的風格融入教學內容，這點深深吸引了我。沒想到這位教授上課時，只是對著那本包浩斯時代的破爛筆記，用蚊子叫聲般的微弱聲音喃喃照著唸罷了。我最早開始對包浩斯感興趣，是在家中書櫃上讀到《建築學大系》這套書第六集中關於包浩斯的項目。書上也放了教授們的照片，有格羅佩斯（Walter

Gropius）、費寧格（Andreas Feininger）等人，大家都好帥。我家從祖父那一代開始經營建築事務所，書架上建築相關的書籍很齊全。

從西武池袋線江古田站北口出來後，只要走五、六分鐘就是日大藝術學部。當時日大藝術學部甚至以「江古田」的別稱聞名，不過地址其實應該是練馬區旭丘二丁目。搭車到江古田站的學生分別來自武藏大學（南口）、日大藝術學部（北口）和武藏野音樂大學（北口）。匪夷所思的是，日大藝術學部幾乎沒有美女，而武藏野音樂大學則美女如雲。出了江古田車站北口後，這兩所學校的大門分別位於左右兩邊。在池袋搭上電車後，若車上出現可能是女大生的乘客，每次覺得很漂亮的，出了北口之後通常都往左邊走，也就是武藏野音樂大學的學生。相反地，覺得很糟糕的對象，出了北口之後往往都會向右走向日大藝術學部。

時光荏苒，多年過後我竟然受邀擔任日大藝術學部美術科的講師，在那裡開了十二年的插畫課，後來覺得太愚蠢了才辭職。即使如此，當時修我課的學生中也有幾人現在成了挺活躍的插畫家。

1 Bauhaus，德國一所建築藝術設計學校。

總而言之，我幾乎沒有留下學生時代在江古田玩樂的回憶。總是從丸之內線的赤坂見附搭車到池袋通學的我，一下課立刻前往同一條通學路上的銀座，急著抖落在江古田沾染的一身塵埃。成為日大講師之後，在其他教授邀請下也曾在江古田一帶喝酒，但總覺得這個地方排他意識莫名地強。令我想不通的是，江古田車站周邊是很受歡迎的地帶。在這裡住過的人，就算已經搬到東急東橫線上的鄉下地方，喝酒時也會特地跑回江古田。關於這個我實在無法理解。

西武池袋線
江古田車站北口，美女往左走
（武藏野音大學生）
相反的往右走（日藝大學生）

學生從江古田站通勤的
三所大學

日本大學
藝術學部

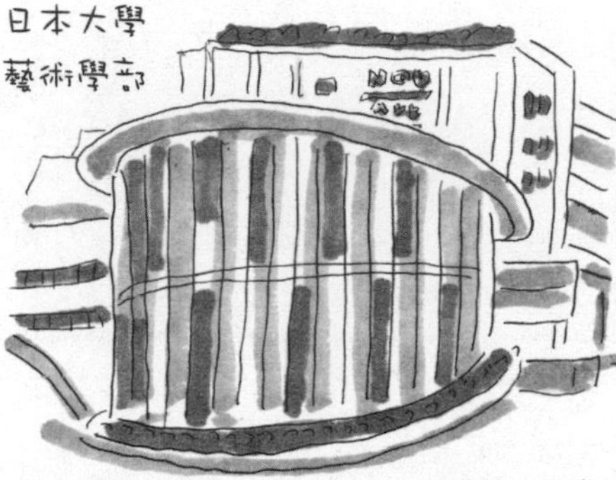

我入學後第二次改建的日大藝術學部
外觀很是氣派，只可惜大學的設備和
學生素質並不一定成正比

武藏大學的大講堂

武藏野音樂大學
1949 年大學新制上路後
日本第一所認證新制的
音樂大學，有很多美女
學生

江古田銀座的 Promenade
聚集了很多窮學生
品味低落得可悲

一邊想著這些事，這次的「美女散步」就決定從西武池袋線沿線的江古田站走到石神井公園附近。首先從江古田站北口出來，一直走到日大藝術學部。路徑和過去沒有兩樣，路旁建築物則完全改變了。我試著回憶自己剛入學時的事，記得當時學校的加油團團長長是後來成為電影導演的山本晉也，他是戲劇學科的學生，個子雖小，整個人卻莫名散發一股魄力。當時攝影科三年級的學生篠山紀信，現在成為世界知名攝影家。和我同一年入學的串田和美，現在則以演員和導演的身分大顯身手。不清楚為了什麼原因，總之有很多日大藝術學部畢業的人活躍於媒體界（唯獨缺少美女）。

看過還很新的日藝校園後，我再次走回江古田車站北口。朝櫻台站方向走一段路，右邊就能看到茅原淺間神社。過去這一帶好像真的是名符其實的茅草原。江戶時代稱這間神社為富士淺間神社，是信仰富士講[2]的上板橋村、中新井村、下練馬村人崇敬的對象。拜殿裡還有人造富士，據說是拿富士山熔岩回來作成的，名為江古田富士。我對這間神社並非特別感興趣，只是這裡看起來從以前到現在幾乎沒變過啊。從神社前走過，繼續往櫻台車站方向前進，左邊有個平交道，右邊有條巷子。走進巷子就是堪稱居民廚房的食材市場，我在日藝當講師時來過好多次，出乎意料的是個有趣的地方。

從江古田車站搭電車到練馬。在日藝讀了四年書，我還是第一次在這一站下車。在東京都心長大的我，似乎對練馬這個地名無法接受（大概是因為這樣）。

練馬站一帶是練馬區的心臟地帶。周圍有區公所、公民館、圖書館等地方行政分館。區公所旁古老氣派的大門屬於森田醫院。森田家是這個地區最早開業行醫的家族，明治初年，這附近只在練馬村和石神井村各有一間醫院，上門求診的病患大排長龍。

因為計程車來了，我就先前往有首繼地藏的八幡神社，八幡神社的神明從江戶時代就被視為這裡的土地神。要看首繼地藏必須穿過整間神社走到後方。首繼地藏的由來寫起來太長，有興趣的人自己出門來看一趟吧。八幡神社的地址是練馬區中村南三之二一。

再次搭上計程車，這次的目的地是練馬站北邊的十一寺，以及柳生宗矩親子之墓的所在地廣德寺。廣德寺內除了有柳生宗矩、十兵衛及宗冬之墓外，還有前田（富山藩十萬石）、松平（會津藩二十三萬石）、蜂須賀（德島藩二十五萬七千石）、松浦（平戶藩六萬一千石）等二十幾個大名家的巨大墓石並列其中。

2 盛行江戶時代，熱衷攀登、參拜富士山的一群人。

十一寺在豐島園公車起迄站前。位於入口道路右側的依序是快樂院、宗周院、假宿院、受用院、稱名院、林宗院，左側依序是仁壽院、迎接院、本性院、得生院、九品院。兩側寺院合起來總稱十一寺。其中，九品院內有個食蕎麥地藏。

那是江戶時代的故事了。傳說有個叫尾張屋的蕎麥麵店，每天晚上都有一名僧人上門討食蕎麥麵，素有佛心的麵店老闆於是免費讓僧人吃麵。這麼持續了一個多月後，老闆也開始覺得奇怪了。某天晚上，麵店老闆悄悄尾隨僧人

拜殿後方是用富士山帶回的熔岩作成的
人造富士山（江古田富士）（江古田）

離開，跟到西慶院地藏堂前時，僧人倏地消失蹤影。回到家的麵店老闆做了個夢，夢見一位身分高貴的僧人對他說：「我乃西慶院地藏，承你每日供養蕎麥麵，將會保你一家平安作為報答。」說完，僧人就消失了。

從此之後，麵店老闆每天供奉西慶院地藏蕎麥麵，對地藏祈願。那年江戶雖流行惡疾，蕎麥麵店一家人卻無病無災。這件事傳開來後，人人爭相前往西慶院參拜，實現願望的人便奉納蕎麥

廣德寺別院（櫻台六丁目）

柳生家之墓，左起為宗矩、
十兵衛、宗冬
小堀家之墓
小堀遠州的墓
也在這裡

麵還願。曾幾何時，西慶院的地藏便被稱為食蕎麥地藏了。這類故事在練馬區意外地多。另外，西慶院於明治末期時併入了同為誓願塔頭的九品院。

接著，我從練馬車站走到豐島園。還在日藝當學生時和朋友去過，那之後已經幾十年沒再去過豐島園。我似乎從年輕時就是個對遊樂園啦、戀愛啦之類的事物抱持悲觀態度的人，這天原本也想過乾脆別去豐島園了。不過，一知道這裡曾是過去屬於豐島一族的練馬城遺址，實在忍不住想過去看看。練馬城是利用石神井川南岸丘陵地形築起的城，石神井川流入丘陵侵蝕谷地所形成的南北向台地構成了城內土地。東西橫斷台地的石神井川形成斷崖，形成守護城北的自然天險。據說過去築有圍繞城池一周的碉堡與壕溝，現在幾乎沒有留下任何遺跡。或許因為這天是平日，天氣又不巧很冷，豐島園內非常安靜。

出了豐島園，我順便繞到附近的春日神社和壽福寺看看。春日神社祭祀的是豐島一族的守護神，在豐島氏沒落後成為一個叫海老名左近的人所居館邸的一部分。如今這個叫海老名左近的是何方神聖已不可考，神社散發一股冷清寂寥的氛圍。

沿著從豐島園出發的公車專用道走約三百公尺左右就是長谷川名主役宅。長谷川家是上練馬村的名主，現在留存的這棟建築據說建於文化、文政年間（一八〇四～三〇年）。建築的氣勢清楚傳達出江戶時代名主的權威與地位，尤其大門特別具有風格，據說當時能通過這道大門與玄關的只有代官和名主。建築本身保存得很好，不只練馬區，找遍整個東京也很難看到這種類型的古蹟，希望能好好保存下去。

回到練馬車站，搭車前往石神井

練馬區有兩尊名稱特殊的地藏

公園站。我也好幾十年沒去過石神井公園了。

大三那年，和家裡的人起了無聊的爭執，於是跑去寄居在住石神井公園附近的朋友租屋處。過了一陣子，同一棟公寓的北側空了一間房，我就搬進去住了。那是一間採光很差，幾乎曬不到太陽的房間，反正我不是整天待在房裡，房租很便宜又能自己開伙，住起來倒是不覺得有什麼不方便。因為沒有浴室，洗澡就到附近的澡堂洗。

那位朋友是名古屋人，和我一樣就讀美術學，不過我主修的是平面設計，他主修的是工業設計。住在他隔壁房的是兩個不知道在哪間公司上班的年輕女生，長得還頗為出色。朋友每天晚上最期待的就是她們從澡堂回來後換穿睡衣的時間，換句話說，他會爬上天花板偷窺。他也曾約我一起看，但是對於和五個姊姊一起長大的我來說，還不至於為了想看女人的裸體做到這種程度。

好笑的是，他大學畢業後，竟然和那兩個女孩中的一個結了婚。真的就像歌詞寫的：人生什麼事都有可能發生。順帶一提，我大學畢業後也和家人重修舊好，搬回赤坂的家了。那個年代的石神井附近都是大片大片的田地，以及分布各處的防風林。

走進石神井公園。這座公園昔日也曾是豐島氏築城之地。儘管築城的時期已無法明確得知。豐島氏一族於平安後期至鎌倉時代在武藏南部擁有一定勢力，石神井城是與豐島一族有所關聯的城館。在文明八年（一四七六年）的「長尾景春之亂」中，豐島氏與為景春助陣的山內、扇谷兩上杉氏對抗。兩上杉氏分別擁有江戶城與河越城，豐島氏的練馬城則正好位於上述兩城之間，在這場亂事中順利完成阻絕兩城通聯的

石神井城遺址之碑

據說是石神井城主豐島泰經次女照姬之墓的「姬塚」

傳說是豐島泰經之墓的「殿塚」

使命。然而，為了穩固江戶城的守備，太田道灌於文明九年（一四七七年）四月十三日出兵進擊，攻下豐島泰明（豐島氏當家泰經之弟）駐守的平塚城，泰明也在此役中戰死。隔天十四日，太田軍分別在江古田原及沼袋兩地與豐島泰經軍展開壯烈激戰，結果豐島軍遭太田軍擊潰，落敗的泰經雖逃進石神井城，仍於四月二十八日遭太田道灌強行攻破（曾有一度展開和平談判，最後依然決裂）。泰經趁夜逃脫，之後雖曾力圖再起，每次都敗在太田道灌手下，在一路敗北之中泰經下落不明，豐島宗家之名也從此自歷史上消失無蹤。

據說太田軍攻破石神井城之際，豐島泰經在太田軍面前騎著白馬投身懸崖下的三寶寺池。當時，泰經的次女照姬也跟隨父親跳入三寶寺池中。直到現在，每年四月到五月練馬區仍會舉行「照姬祭典」，就是為了紀念這個傳說中的悲劇公主。祭典上，打扮成照姬、泰經、奧方與武者等參加者的隊伍會在公園四周遊行。

三寶寺池就在石神井城遺址那片森林下方。池中沼澤內的植物群落是國家指定的天然紀念物。池中有嚴島神社，如果要欣賞風景，這一帶是最適合的了。我看了據說是豐島泰經與照姬父女墓所的「殿塚」與「姬塚」，再遠眺三寶寺池。水鳥站在水面上，灰色的樹叢中有新綠蠢動。

石神井公園中的
三寶寺池

濱松町一帶

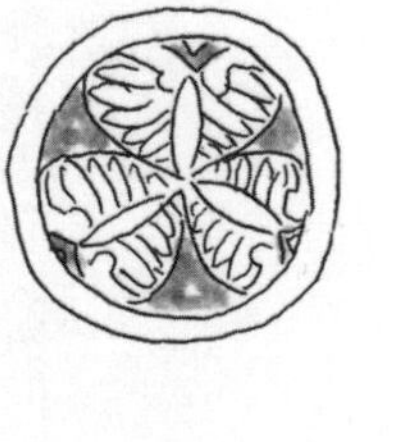

或許不是什麼值得自豪的事，但我曾親眼目睹東京鐵塔從搭鷹架到完工為止的過程。為什麼這麼說呢？結束了在南房總的漫長療養生活，回到東京後的我去報考一所位於芝的私立高中，那所高中就在東京鐵塔下方。考試時我一邊盯著考卷，一邊不時朝窗外投以一瞥，正好看見怪手在搭建東京鐵塔過程中吊起的巨大鋼筋。

雖然不想用這個當藉口，總之我成功落榜，沒考上那所高中。那是昭和三十三年（一九五八年）三月的事。

由於我家就在赤坂丹後町（現在的赤坂寺丁目），之後我經常跑到ＴＢＳ的丘陵地上眺望一天比一天高的東京鐵塔。於昭和三十二年（一九五七年）動工，隔年十月竣工的東京鐵塔，由建築構造學專家內藤多仲與日建設計株式會社共同負責設計。聽說內藤在設計時參考了斯圖加特的電視塔。東京鐵塔後來出現在許多電影中，最值得一提的莫過

於《哥吉拉》。遭哥吉拉襲擊的東京鐵塔至今仍印象鮮明地殘留在我腦海中。

完工後的東京鐵塔是我的驕傲。或許是因為身為美術少年的關係，總覺得身邊彷彿有了一座艾菲爾鐵塔。

住在新宿大久保的朋友來家裡玩時，我帶他去了TBS的丘陵。

「很像艾菲爾鐵塔吧？」

當我這麼得意地介紹之後，朋友的反應聽得我火冒三丈。

「開什麼玩笑，哪裡像艾菲爾

增上寺本堂
聳立在右方的東京鐵塔
營造出美妙的氣氛

鐵塔了?頂多是玩花繩翻出的梯子吧?」

其實他說的也沒錯,就是這樣才更令人火大。

即使最近墨田區的東京晴空塔受歡迎程度直逼東京鐵塔,我對東京鐵塔的愛還是絲毫不受影響。每次到外縣市出差,回東京時只要一看到東京鐵塔就覺得安心。

我於一九六九年赴美,那時從濱松町到機場的單軌電車還未開通。我都是先從地下鐵銀座線的赤坂見附搭車到新橋,再從那裡轉乘京濱東北線到蒲田,從這裡搭計程車到羽田機場。坐在京濱東北線電車內眺望車窗外的東京鐵塔,內心感慨萬千。電車一過濱松町,東京鐵塔就從眼前逐漸遠去。當年紐約對日本人還不像現在這麼熱門,二十七歲的我是第一次搭飛機也是第一次出國。那時不管國內線或國際線的飛機都要在羽田機場搭。

今年五月,睽違已久地在羽田機場搭了國際線。深夜一點飛往法蘭克福的飛機,預備從那裡轉機搭漢莎航空的班機前往尼斯。這次我從濱松町搭單軌電車到羽田機場。雖說平常國內出差時也經常從這裡搭車到羽田機場,不過幾乎就是如此而已,我從來不曾好好踏上濱松町附近的土地。即使偶爾會為了看四季劇團的表演而在這裡下車，也只是從車站走到四季劇團，對芝公園和增上寺一點也不熟，濱離宮庭園也只有小時候去過，那都已經是幾十年前的事了。

因為這些原因，這次就決定前往濱松町附近散散步。

從青山一丁目站搭都營大江戶線到赤羽橋，一走進芝公園就能看到迫近眼前的巨大東京鐵塔。東京鐵塔展望台我上去過好多次，站在港區高處眺望出去，一望無際的風景確實非常美，不過我最推薦的還是一樓的水族館。正式名稱應該是「東京鐵塔水族館」，其中按棲息地分類展示了約九百種觀賞魚類。每個展示區的背景音樂都不一樣，可以一邊欣賞音樂，一邊觀賞不同地域的魚，這個設想真是夠專業。前往東京鐵塔時，這裡應該是非去不可的景點吧。

走進芝公園，時間已過下午三點。我雖曾在夜晚去過東京王子飯店的酒吧，這還是第一次在白天時造訪芝公園。話說回來，這種時間在芝公園裡閒晃的人，大概都不是什麼有用的人吧（姑且不說自己也一樣）。我走向位於公園中央處的增上寺。

車水馬龍的
增上寺大門

增上寺三門（三解脫門）
氣勢十足

增上寺原本位在現在的麴町，據說後來奉德川家康之命遷移到目前這個場所。在那之後，增上寺就成為德川將軍家的菩提寺，十五代將軍中包括秀忠在內，有六位將軍葬在這裡。

穿過三門，走到日比谷通。這道門的正式名稱是三解脫門，於慶長十六年（一六一一年）時，在德川家康資助下，由幕府大工頭中井大和守統籌建設，目前是國家重要古蹟之一。正面寬十間有餘（大約十九公尺），深五間（大約九公尺），高七丈（大約二十一公尺），屬於兩層樓建築，左右各有一棟寬約三間（大約五點四公尺）的山廊[1]。從下面經過一次就知道，氣勢相當驚人。

正式名稱是三解脫門，三解脫這名稱的由來，指的是從三種煩惱「貪」（貪心）、「嗔」（憤怒）、「癡」（愚昧）中解脫。這是三種惡，也等於三種毒。建議心知自己中了這三種毒的人，務必來三門底下走一趟。

在這裡說個題外話。

前面提過我曾在夜晚的王子飯店酒吧喝酒，當時約我去的人是小說家伊集院靜。沒記錯的話，我們點了加冰純威士忌，端上來後才喝了一口，他說聲「等我一下」人就離開了酒吧。我本以為他是去打電話或上廁所，繼續喝我自己的酒，不料不久之後，卻有一位年輕女性一邊說著「晚安」一邊朝我走來。因為我有點近視，正急著想戴上眼鏡時，發現一有女性靠近就戴上眼鏡的舉止太下流，於是坐著不動，等她再走近一點。令我吃驚的是，那位女性原來是鼎鼎大名的夏目雅子[2]。過不多久，伊集院靜也回到酒吧。我想那應該是他們結婚前的事了。總而言之，那天晚上我送他倆去搭計程車後自己才回家。

聽聞夏目小姐死訊時，除了遺憾沒有第二句話。她是一位外表和性格都很美的人。

從日比谷通走到愛宕通，沿著男坂的石階往上，準備前往愛宕神社參拜。這道石階有個「出人頭地階」的稱號。說書段子中常見的故事「寬永三馬術」就是發生在這道石階前。我很喜歡這個故事。

提到「寬永三馬術」，現在的年輕人大概根本沒聽過吧（就算不年輕的人可能也沒聽過）。故事是這麼說的：

1 禪宗寺院三門兩側的切妻造平房式建築。

2 當時日本當紅女星，曾是伊集院靜外遇多年的交往對象，後來伊集院靜與元配離婚，兩人再婚，一年後夏目因急性骨髓性白血病逝世。

寬永十一年（一六三四年）一月二十六日，時任將軍的德川家光前往增上寺參拜，回程來到愛宕山前，看見山上的紅梅與白梅盛開得正美。

「誰能騎馬登上這道石階，摘下那裡的梅花枝？」

家光似乎對家臣們這麼說了。其中有三人上前嘗試，卻都半途落馬，沒有人能成功登頂攀枝。

「真是一群不中用的傢伙。」

我是不知道家光有沒有這麼說啦，但心底或許這麼抱怨了吧。正當他打算放棄離開時，一名武士上前表明挑戰的意願。這位名叫曲垣平九郎盛澄的武士原是讚岐國領主生駒氏的手下。從結論來說，他一口氣騎馬登上石階，成功摘下紅白梅各一枝獻給家光。家光大讚曲垣平九郎是「日本馬術第一高手」，賜予名刀一把。因為這個典故，通往愛宕神社的石階便多了個「出人頭地階」的稱呼，愛宕神社也成為深受武士信仰的神社。

「寬永三馬術」大致上就是這麼個故事。不過，據說這個故事是後人編造的。也有人說曲垣平九郎是虛構人物，其實不然，姑且不論實際上是不是馬術高手，歷史上確實有過曲垣這位武士。

參拜愛宕神社後，沿著石階往下。此時夕陽已西斜，我攔了一輛計程車，前往濱離宮庭園。

濱離宮恩賜庭園也真的很久沒來了。最後一次來是小學的時候，已經是幾十年前的事，這裡對我來說幾乎沒什麼回憶可言。入園費是三百日圓，告訴售票員年齡後算我

愛宕山（愛宕神社）
「出人頭地階」
愛宕山標高26公尺
是東京最低矮的山，但是
東京23區中最高的地方

半價。這座庭園在江戶時代是德川將軍家的別邸，分為人稱「濱御殿」的南庭和明治之後才建造的北庭。南庭有「潮入」池與鴨場，是江戶時代具有代表性的大名庭園。所謂潮入池是建於海邊的庭園常見的樣式，於漲潮時引入海水增添池景意趣。舊芝離宮恩賜庭園（位於港區）、清澄庭園（位於江東區）和舊安田庭園（位於墨田區）等，在過去都採用這樣的庭園樣式，不過，現在東京都內真正有海水進出的庭園只剩下濱離宮庭園這裡了。

我沿著連接橋走到可享用抹茶的「中島御茶屋」，以池子為中心，周遭生著不少高大的櫻樹，到了花季，放眼望去一定會形成壯觀的櫻花御殿吧。我決定明年櫻花季來這裡賞花。

出乎意料地，中島御茶屋裡有許多結伴來的年輕女生。沒穿絲襪的長腿閃著光澤，我趁機欣賞美女們裸露的膝窩。

走出茶屋時，四下響起一片知了聲。高樓大廈的窗戶發出刺眼的光芒。再次搭上計程車回芝公園，到芝丸山古墳和紅葉谷一帶走走。進入芝公園前，計程車從增上寺大門下駛過。去外縣市出差，搭飛機回來後總是從濱松町搭計程車，鑽過這道大門底下回工作室。這道大門是慶長年間，德川家康搬遷增上寺時從江戶城大手門移築而來的，也是江戶時代名勝之一，很受道地江戶人歡迎。現在這道大門底下總是車水馬龍。

東京都指定古蹟丸山古墳是一座前方後圓墳，全長一百一十公尺，後方的圓形部分直徑六十四公尺，凹陷處寬二十二公尺，是東京都內規模最大的古墳。芝公園本身位於標高十六公尺的台地上，隆起的古墳高度又更高，站在墳頂眺望遠方，景色相當不錯。

從JR濱松町站徒步10分鐘的四季劇場

我原本一直不知道芝公園裡有這樣的古墳。

紅葉谷是昭和五十九年（一九八四年）重現的人工溪谷。以大大小小天然石組合而成的岩場與樹林，營造出深山幽谷的氛圍。高約十公尺的岩場上有瀑布落下（名為紅葉瀑布），不用說，景色當然相當壯觀。正如谷名所示，這一帶種有許多紅葉樹，一到秋天更是美不勝收。我也想在秋天時再來一趟。

太陽下山後，霓虹街燈亮起。我朝JR濱松町站方向走去。途中經過地下鐵都營大江戶線大門站，這一帶有很多居酒屋，擠著男人們站著喝兩杯的背影，都是看起來剛下班的上班族。

從濱松町山手線高架橋下穿過，朝竹芝埠頭走去。途中經過四季劇場，我有時會為了欣賞歌舞劇而特地來這裡。特別喜歡的劇目是《為你瘋狂》（*Crazy For You*）和《勇太和不可思議的夥伴們》，這兩部作品我都去欣賞了好多次。前者由喬治．蓋希文（George Gershwin）及艾勒．蓋希文（Ira Gershwin）作詞作曲，蘇珊．史楚曼（Susan Stroman）編舞，後者則改編自三浦哲郎原著，作曲是三木隆，由加藤敬二擔任編舞。推薦給大家，請務必前往欣賞。

走在竹芝埠頭，這裡是隅田川的河口。通過勝鬨橋後，臨海區的高樓大廈燈火通明，宛如曼哈頓的樓群。邁入三十歲前，我在曼哈頓度過二十幾歲的最後兩年。並不是特別喜歡那個地方才去，只是想在三十歲前到外國生活幾年，追根究柢，我會的外文也只有英文，所以就決定去紐約了。

一九六九年與一九七〇年，我生活在曼哈頓，七一年三月周遊歐洲後回國。離開曼哈頓那天早上，從皇后大橋上回頭看，朝露裡的曼哈頓樓群映入眼簾。

「誰要來這種地方第二次啊。」

如今，看著隅田川的夜景，我想起自己曾不屑地拋下這句話。

從竹芝棧橋北側露台上眺望夜景，
眼前的景色令我聯想到曼哈頓的
夜晚

從白金台往高輪、三田一帶

小時候，祖母常講「忠臣藏」的故事給我聽。祖母生於明治八年（一八七五年），她的朋友中有位女性的牙齒染成了黑色，那是江戶時代已婚女性的習俗。當年還是個孩子的我問，為什麼她的牙齒是黑色的呢？祖母笑而不答。就各種意義來說，祖母於我是個謎樣人物。她曾對我說過哪裡哪裡的什麼人，年輕時和新撰組的永倉新八走得很近，當時的我根本連新撰組是什麼也不知道，聽得一頭霧水。事到如今回想起來，真該纏著她多問一點，即使後悔也來不及了。祖母在我國二時過世。

祖母過世約莫一星期前，把我叫到床邊，用那枯枝般的手指指著壁櫥，叫我拿出最裡面的桐木箱。箱子很重。

「這些是給你的，你要珍惜著用，不可以告訴任何人。」

在祖母這麼吩咐下，我把箱子搬回自己房間。打開蓋子一看，裡面全都是錢。算了算紙幣加起來總共一百萬，十元硬幣加起來總共兩千。當時是一九五〇年代中期，這筆錢幾乎是天文數字。我將這筆鉅款藏在房間壁櫥裡那個自己做藏寶箱中。附帶一提，我原本用這個可以上鎖的藏寶箱來收藏自己創作的忍者書卷、自己畫的相撲百科和其他的寶貝。都是些小孩子的玩意兒。

順便說說（或許不該在這裡說這種事），祖母葬禮結束後，不知是誰提起了祖母那筆錢的事，在母親逼問下我立刻招認，那筆鉅款也被沒收了。後來不知道用在哪裡，多半是繳了我的學費吧。

一如前文所述，因為想起從前祖母說的「忠臣藏」故事，所以想去高輪附近走走。高輪有泉岳寺，因元祿赤穗事件留名歷史的淺野內匠頭長矩與赤穗浪士之墓（在泉岳寺稱赤穗義士）就在這間寺廟裡。關於這間寺廟的事，我也聽祖母說過好多次，她總說赤穗浪士墳前的線香從未斷過。我雖曾探訪位於赤穗（兵庫縣）的赤穗城遺址，至今仍未去過東京的泉岳寺。

這天，在ＪＲ目黑站下車後，沿著目黑通往高輪方向走。若不走上通往白金隧道

也被稱為舊朝香宮邸
裝飾藝術風格的建築樣式非常出色
室內裝潢出自法國的室內設計師安利拉龐

那條路，繼續直走就會看到左手邊有國立自然教育園和東京都庭園美術館（舊朝香宮邸）。我沒有進美術館，只是坐在樹蔭下的長椅發呆。儘管已是夏末秋初，陽光還是很強烈，蟬聲頻頻傳來。

每次來這裡，我都會想起吉川美佐子（假名）。她是我的好朋友建築師白川友之（假名）的祕書兼助理。白川已有家室，但和吉川美佐子也保持男女關係。她比白川小二十歲，我和他們兩人一起吃過好幾次飯。吉川美佐子身材勻稱有如芭蕾舞者，就算不是白川，換作別人也不會放棄像這樣的美女吧。

白川還不到五十歲就死於白血病。看得出吉川美佐子了無生趣，幾乎要跟著白川結束自己的生命。礙於身分立場，她當然並未出現在白川的葬禮上。

接到她的消息，是白川過世半年之後的事。那年深秋，我和吉川美佐子睽違許久地在眼前這座庭園美術館前碰面。貝殼白的大衣非常適合她。

後來我們大概兩個月會共進一次晚餐。她似乎在與白川相熟的建築師朋友經營的事務所工作，住在從目黑通轉進

鄰接庭園美術館的國立自然教育園
園內風景彷彿哪裡的後山

外苑西通的公寓裡，我猜買下公寓的錢大部分也來自白川的贊助。

寫點不好意思的事吧。有次晚餐後，吉川美佐子出乎意料地邀我去唱卡拉ＯＫ。雖然突兀，但我仗著幾分酒意也就答應了她。

她要求我唱〈北之螢〉。那是作曲家三木隆與作詞家阿久悠這對黃金搭檔的名曲。我曾在五社英雄導演的電影裡聽過這首歌，算是還能唱上幾句。

「白川很喜歡這首歌。」

我勉強唱完這首歌，心裡捏了一把冷汗。到現在還能想起吉川美佐子專注聆聽這首歌的表情。

我很討厭唱卡拉ＯＫ，偶爾陪別人去唱，回家後都會留下好幾天的自我厭惡感。當時的事距離現在已超過十年，我和她完全沒有聯絡了。

走出目黑通，沿著桑原坂往下，左手邊有八芳園。桑原坂這地名的由來據說是因為過去這一帶有很多桑樹。不過關於這一點，目前並未留下確切的實證。走到坡底就是櫻田通，左轉有明治大學。明治大學的校園是出了名的時髦，好像很受女性歡迎。不經意地走近校舍一看，大概正逢暑假的緣故，沒看到值得一提的女大學生。

明治學院
大學的
因布利館是國家指定的重要古蹟
（白金台）

這所大學的禮拜堂和紀念館都是港區的有形文化遺產，因布利館則獲指定為國家重要古蹟。

走回明治學院前的公車站，背對桑原坂直走正好是高輪署，於是進去問了泉岳寺怎麼走。沿著彎彎曲曲的複雜小路抵達泉岳寺，天氣實在熱得要命。今年的東京非常熱。

站在泉岳寺山門前。慶長十七年（一六一二年），德川家康請來門庵宗關大和尚創建了這座泉岳寺。然而，原本的寺院在寬永十八年

（一六四一年）一場大火中燒毀，後來又在德川家光的命令下，由毛利、淺野、朽木、丹羽及水谷五大名於如今高輪這塊土地上重建。

不管怎麼說，只要提到泉岳寺就會想起赤穗義士。寺內供奉有藩主淺野內匠頭與四十七名赤穗義士（連復仇前自盡的萱野三平重實的供養墓也算進去的話就是四十八名）的墓塔，他們在完成復仇大業後切腹自盡。

「忠臣藏」的故事，我不但從祖母那裡聽到耳朵都要長繭，也看過電影讀過相關書籍，自認對這段故事知之甚詳。直到上大學前，我還能一口氣講出四十七人的名字。因為這樣，在此反而想刻意跳過這段不提，唯獨想聊聊一直讓我感到在意的日本獨特習俗「切腹」。赤穗義士們各個從容就義，以切腹的方式結束了生命，這或許是出於「不同時代的觀念」，其中卻有令我感到難以理解的部分。假設今天有人對我說「你切腹吧」，我一定會怕得全身發抖（我很肯定遇到這種場合自己一定會暈倒），可是江戶時代的武士們聽到這句話，卻認為「蒙賜切腹乃無上的光榮」，這真的很厲害。我完全無法理解。這麼說起來，未來說不定會出現將「這輩子最不需要的就是結婚」或「結婚的話題令人痛苦到想自殺」的觀念視為理所當然的時代？（雖然我覺得不可能啦，可是誰知道呢？）

第一個切腹的人，傳說是平安末期武士，以擅長大弓聞名的源為朝（一一三九～一一七〇年）。後來切腹便成為自盡的一種方式。但是，切腹的概念一直要到戰國時代晚期才出現轉變。豐臣秀吉攻入毛利方支城的高松城之際，提出以城主清水宗治之命做為談和條件的要求。於是宗治毫不遲疑地切腹自盡，其視生死於無物的態度與舉止博得了秀吉的敬佩。從此之後，「切腹等於光榮行為」才逐漸成為普遍的觀念。

此外，新渡戶稻造也在《武士道》一書中談及切腹這種習俗之所以確立的原因，指出「古代解剖學咸認腹部乃人類靈魂與情感棲宿之處」，勇於切腹自盡被視為一種貫徹武士道的適切自殺手法，這個說法也受到廣泛提倡。不，就算是這樣，難道只有我還是無法理解嗎？在某種程度上我當然也認同武士道精神，唯有切腹這件事，還是饒了我吧。太可怕了。

一邊想著這些事，一邊在赤穗義士墳前合掌。附近有三組老人家正各自入迷地看著

大石主稅等三名在三田松平隱岐守邸內的這棵梅樹下切腹自盡

這道門在泉岳寺內的赤穗義士墓前
有句川柳寫著「在那之前，泉岳寺只是普通的寺院」

三波春夫唱的「俵星玄蕃」中出現過的杉野十平次之墓

義士們的戒名開頭都有個「刃」字

首洗井上方蓋著金屬網

義士們就是用這裡的井水洗滌吉良上野介的首級

同一間店裡還有德利酒瓶土鈴

泉岳寺紀念品店販賣的風箏
這是大石內藏助良雄

義士之墓，不知聊些什麼。順便說說，在四十七名義士中，我最喜歡以「德利訣別」知名的赤埴（也有寫作赤垣的）源藏重賢。所謂的「德利訣別」指的是源藏重賢在復仇前夕向兄長訣別之事。不巧的是兄長外出不在，於是重賢將事情告知兄長妻女後，走進房間，把裝了酒的德利酒瓶放在兄長的衣服前以示告別。是這樣的故事。赤埴源藏在復仇時以他擅長的寶藏院流長槍術大顯身手，享年三十五歲。

話說回來，淺野內匠頭為何如此衝動地在殿中松走廊上砍傷吉良上野介，引起這麼大的事件呢。我想還是因為他是個鄉下城主，又從小就是少爺的關係吧。我曾三度造訪赤穗，並不是因為對「忠臣藏」特別感興趣，都是為了其他工作去的。逛了當地的紀念品店，發現售有赤穗義士周邊商品和鹽。江戶時代，鹽好像是赤穗的特產。說不定淺野內匠頭是因為吃了太多鹽，脾氣才會這麼急躁吧。這雖然是玩笑話，倒也不能說絕對沒有這個可能噢。

離開泉岳寺，沿著伊皿子坂走到底。伊皿子坂這地名的由來，據說來自為躲避亂世而渡海來日的中國明朝人「伊皿子」，但未有實證。

我很喜歡在吉川英治《宮本武藏》中敗給武藏的佐佐木小次郎。小次郎在等待入仕細川藩時，曾寄居於該藩重臣岩間角兵衛家，據說那間宅邸就在高輪街道伊皿子坂的中段處，一個俗稱「月之岬」的高地上。因為是個好地名，所以我一直記得很清楚。江戶時代，站在「月之岬」上似乎能遙望海洋，做為觀光勝地之一，屢屢出現在浮世繪中。

走進三田地區，說到三田就想到慶應義塾大學。這所大學的圖

慶應義塾圖書館（三田）
入口附近有福澤諭吉半身像

書館舊館被國家指定為重要古蹟。為慶祝慶應義塾創立五十週年，於明治四十五年（一九一二年）時由曾禰中條事務所設計建造。來這裡之前，原本期待能遇見幾個美女大學生，可惜大家似乎因為放暑假回老家了，只看到幾個讓人懷疑「這也算是慶應大學的女生嗎」的女性站在校門附近說話（如果真是慶應的學生那就失禮了）。

慶應大學「三田會」的向心力總是令我非常訝異。我認識的一位熱愛慶應的男人在紐約經營日本料理店，憑著「三田會」這強大的後盾，餐廳生意相當興隆。我喜歡的車谷長吉先生也是慶應人，不過他在某篇散文中寫著參加「三田會」舉行的派對時「差點吐出來」。讀到這一段，我忍不住拍起手來，真不愧是車谷長吉先生。

因為還想看看丹下健三設計的科威特大使館，我回頭踏上來時那條路。

整棟建築外觀宛如用幾個盒子堆疊起來，形狀相當特殊。常聽人說丹下健三設計的房子會漏水，不好用，我自己卻頗中意這個人設計的建築物，充滿令人驚喜的建築魅力。我大學畢業後進的第一間廣告公司總公司在築地（現在遷移到汐留了），當時那棟建築物的設計就出自丹下健三之手。能在那棟建築裡工作，總覺得很開心。

走了不少路，也流了滿身汗，我看這下又要少個兩公斤體重了。身高一百七十五公分的我體重只有六十公斤，實在很不妙。雖然一直努力想增胖，怎麼就是無法順利。人不管是要減肥或要增胖都是很吃力的事啊。

慶應大學附近坂道很多。有綱之手引坂、綱坂、潮見坂、蛇坂、聖坂等等。其中之一的綱坂兩側過去曾被稱為三田綱町，那一帶與源賴光四天王之一，擊退丹波大江山酒顛童子的渡邊綱頗有淵源，地名似乎也與他相關東京的地勢就是凹凸不平，即使如此，我還是很喜歡坡道。

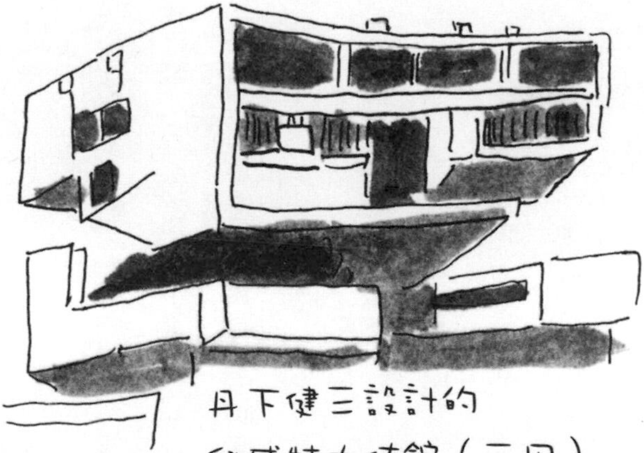

丹下健三設計的
科威特大使館（三田）

大久保、百人町一帶

山崎是我上高中半年後認識的朋友，後來感情愈來愈好。那時還有學年學力測驗，測驗結果會貼在學校中庭公布。山崎是第七名，我是第八名。昭和三十三年（一九五八年）入學的學年總共有五班，我是B班，山崎是D班。站在我身邊，和我同時望向成績公告的人就是山崎。這時，不知是誰說了句「第七和第八名的名字一樣耶」，我們才互看了對方一眼。我叫渡邊昇（本名），他叫山崎登[1]。我班上有個和山崎就讀同一個國中的吉田，他介紹了我和山崎認識。剛開始我們只是在校園內碰面會寒暄兩句的朋友，後來漸漸成為會在午休時聊棒球與電影的交情。他是巨人隊的死忠球迷，我支持的則是中日龍隊。

某天放學時，一起回家的幾個班上同學聊起關於山崎的話題。

「你們看過D班那個山崎的手錶嗎？」

話題就從這句話展開。聽同學說，山崎手錶的錶蓋上，刻著某勢力龐大的東京知名黑道老大的名字。

山崎和我都搭都電到九段上通學，那天正好在電車站遇到山崎，對手錶一事好奇不已的我便開口問了他。

「喔，我家在歌舞伎町附近開旅館，老爸好像因為工作關係認識了那位老大，那時對方送了這支手錶給他。我老爸說，如果在新宿一帶跟人起爭執，只要拿出這支手錶就沒事了。問題是，我又不會跟人家起爭執。」

山崎羞赧地笑著解釋了手錶的來龍去脈。

大概到那年年底，我們的感情已經好得會邀約對方到家裡玩了。我家在赤坂丹後町（現在的赤坂四丁目），山崎家在國鐵（現在的ＪＲ）山手線新大久保站附近的大久保二丁目。他父親經營的旅館說是在大久保公園附近的歌舞伎町二丁目，當時稱那種旅館叫幽會旅館。山崎是個口無遮攔的男人。

1 日語中昇與登發音相同。

新大久保駅
Shin Ōkubo Station
要去大久保或
百人町時通常
會先搭到這站
實際上沒有人
穿這種衣服啦
大久保

大久保通風景

接近過年時的寒假中，我第一次受邀前往大久保的山崎家。關於吹著刺骨寒風的那天，其實我沒有留下多少記憶，只記得山崎媽媽端出親手做的咖哩飯，還有我和山崎在他房間看克林頓・沃克（Clint Walker）主演的電影《血戰羽毛河》（*Yellowstone Kelly*）時，大他八歲的哥哥帶著女人走進來的事。

後來我們一直是好朋友，直到高三發生了意想不到的變化。成績優秀又認真的山崎，在升上高三不久後突然退學，原因不明。我也就此和他完全斷了聯絡。至於我自己，為了考大學也在高三第二學期時轉學到其他高中了。

前幾天為了查些東西，我看了新宿區百人町的地圖，位於山手線另一側的大久保這個地名不經意地映入眼簾。我忽然想起山崎，好懷念和他一起走過的戶山公園等地方，於是決定到睽違已久的大久保街上走走。話說回來，如果不是認識山崎，大久保這個地方對我來說應該是毫無熟人也沒有任何淵源。人與城市的相遇或許就是這麼有趣。

時序剛入十月，這天天氣非常晴朗。今年的夏天很頑固，到現在秋老虎還不走。我從神宮前的工作室搭計程車前往伊勢丹，買了五根*Cohiba*的*Siglo* □（雪茄），然後用走的到歌舞伎町。走進歌舞伎町時已經下午三點多。

過去的KOMA劇場旁邊有一條二番通，沿著這條路往北走，左手邊會遇到大久保公園。山崎的父親從前經營旅館那一帶，如今成了高樓大廈。過了職安通，直走就是山崎家的大久保二丁目。看到海城學園高校出現在左邊時，繼續往北走就是戸山公園。附帶一提，從這座公園橫過明治通，往早稻田大學文學部方向走，會有另一個戸山公園，那邊境內有箱根山。箱根山是山手線範圍內最高的山，據說是江戸時代尾張德川家下屋敷在整修洄游式庭園「戸山莊」時造池挖出的泥土堆積而成。

大久保這地方的地名，來自過去河川流入此區土地時周圍形成的大窪地。久而久之就變化為大久保[2]了。江戸時代這一帶都是農村，進入明治之後成為知名的杜鵑花勝地，吸引很多住在近郊的人來此造訪。

走在大久保街道上，想起高中時看過的東寶電影《證言》。這部電影的原著是松本清張的短篇小說，在丸之內知名纖維公司擔任課長的主角由小林桂樹扮演，演技出眾。我已經忘記主角的名字了，只記得他自己的家在大森，卻讓情婦也是部下的女人住在大久保的公寓中。扮演情婦的是原知佐子。現在回想起來，選擇大久保為金屋藏嬌地點的松本清張真是有眼光。不得不說，原知佐子纖瘦的身材配上大久保公寓的設定，莫名有種下流感（性感的意思）。忽然想再看一次這部電影。順便說說，這部電影的導演是堀川弘通，劇本是橋本忍寫的。

回到大久保通，走進新大久保車站西側的百人町。自江戶時代延續至今的百人町，如今成了吸引大批人潮的韓國城。明治時代這裡原是著名的賞杜鵑花勝地，隨著明治三十六年（一九〇三年）日比谷公園落成啟用，大部分的杜鵑轉賣到那邊之後，百人町逐漸演變為住宅區，聽說戰前這一帶的環境相當閑靜。在百人町附近長大的西畫家曾宮一念曾如此回憶當時：

當時的大久保相當於武藏野入口，同時從江戶時代開始就是個清淨的隱居地，也是一個適合親近山林的地方。

看到現在的大久保，完全無法想像這樣的過去。

戰前，這裡曾是知名的音樂之町、樂器之町，有不少德國音樂家和日本古典音樂家

2 窪地與久保發音相同。

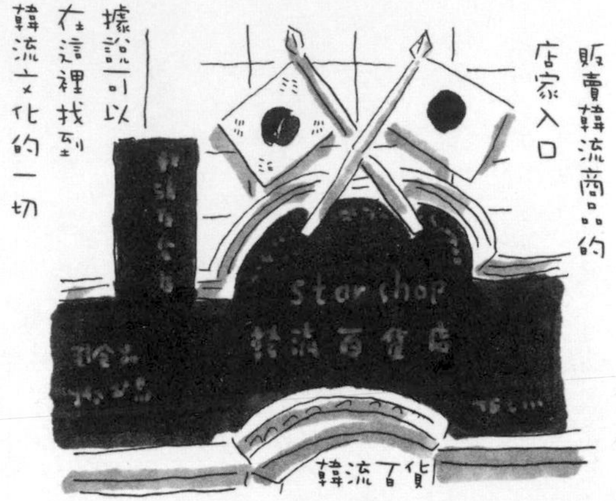
販賣韓流商品的
店家入口
據說可以
在這裡找到
韓流文化的一切
Star shop
韓流百貨店
韓流百貨

新宿百人町的地址牌
真想拿來做室內裝潢
新宿区
百人町一丁目
1
韓國餐廳店門口
有這種穿韓服的人偶

山手線範圍內最高的
箱根山，在戶山公園內
標高44.6公尺

住在這一帶，沒想到後來變成充斥幽會旅館的地方，在這裡出生長大的江藤淳在昭和四十年（一九六五年）到百人町來時，似乎大受打擊。

這一帶在太平洋戰爭時遭到東京大空襲，街道幾乎全毀，失去了家的居民大多都離開了。韓戰時放假來東京的美軍在這裡和日本女人幽會，使這裡成為幽會旅館林立的地帶。為什麼會選擇大久保和百人町做幽會的地方呢，這在我心中留下一大疑問。

百人町名稱的由來，據說是因為過去內藤清成率領的伊賀組百人鐵炮隊屋敷就在此處的緣故。守護江戶城的鐵炮隊擁有城內數一數二的鐵炮術，新大久保車站前的皆中稻荷名稱正來自他們神準的槍法。鐵炮隊以栽培杜鵑為副業，這個地方後來也因此成為杜鵑花勝地。

曾經擁有相同町名由來的還有青山百人町（位於青山）、根來百人町（位於市谷），只是如今皆已消失，唯一留下的只有大久保的百人町。我很喜歡這個町名。

附帶一提，因批判江戶幕府「異國船打退令」而入獄，之後又脫獄逃亡的幕末醫生，同時也是一位荷蘭學家的高野長英最後便是於嘉永三年（一八五〇年）潛伏在青山百人町時遭捕快圍捕，持短刀奮勇抵抗後插喉自盡。

來到百人町，這個町的範圍從一丁目到四丁目。日本最大的韓國城就在這一區內，走在其中發現不只韓國，還有中國、泰國、緬甸、印度等國家的餐廳與雜貨店林立，整體籠罩在一股不可思議的氣氛中。留學一橋大學攻讀研究所的韓國人金根熙在新大久保職安通開設韓國食材店後，這一帶才逐漸發展為韓國城。金根熙是一位「New comer」。「New comer」來自昭和五十八年（一九八三年）年總理大臣中曾根康弘發表的「在二十一世紀來臨前接受十萬外國留學生」政策，泛指該政策實施後來到日本的韓國人。詳細情形我一點也不清楚，不過很多日本人喜歡吃韓國料理也是事實。我出生長大的赤坂一帶有很多韓國餐廳，形成了一個小韓國城，不過當然比不上大久保或百人町。就像一提到咖哩嘴裡就會冒出想念咖哩的口水，韓國料理似乎也有相同的效果。

走進百人町三丁目，地球座那棟奇特的建築就會映入眼底。我曾在這棟建築中看過三次左右莎士比亞劇。地球座開幕於昭和六十三年（一九八八年）年四月，是一座上演戲劇和歌舞劇的劇場。當初是將新宿西戶山住宅拆除後，做為「導入民間活力重新開發國

這道鳥居後方
就是皆中
稻荷神社

有地」第一號計畫建設而成的。雖然我不是很清楚，但設計者好像是磯崎新先生，建築構造似乎參考了倫敦的地球座。經營方面經過一番迂迴曲折，目前由傑尼斯事務所旗下子公司負責經營。現在的地球座前經常看得到年輕人排隊等著入場。對了，不如我也去看場嵐的公演，吃頓韓國料理後再回家吧。說不定還會因此遇見美女，要是能這樣就好了……

夕陽西斜，韓文的霓虹燈招牌亮起來。雖然白天還很熱，畢竟已經十月了。走累的我跟著眼前看到的招牌走進咖啡店。我並不喜歡咖啡，但這種時候就該喝咖啡。咖啡有種落單的味道。

牆上掛著裱在框裡的韓國電影明星海報。我心想，這間咖啡店可能也是「New comer」開的。韓流明星俊男美女頗多，我喜歡的韓國女明星是李恩宙，不知為了什麼原因，她在二十四歲那年自殺了。

我試著找服務生聊天，看起來還不到二十五歲的她說自己才來日本一年半，老家是位於首爾和釜山中間的大邱。我從沒去過韓國，當然不清楚韓國的地理位置。她還說自

百人町的
地球座劇場，
聽說建築構造上
參考了倫敦的
地球座
現在由傑尼斯
事務所旗下公司
負責經營
木雕人偶
一臉哀傷的
表情
不知道是
做什麼用的
陶製動物
在販賣韓國土產的
店裡找到的
陶製人偶

己正在新宿的蛋糕學校留學。

我看著黑髮及腰的服務生，忽然想起一個叫美姬的女人。她的祖父是經營計程車公司的在日韓國人。

介紹美姬給我認識的是音樂相關出版社的編輯。我曾為某本書的單行本繪製封面，畫的是一個女人。那位編輯說他認識的女人和我筆下的女人長得很像，於是將她帶來找我，那個人就是美姬。美姬是個有一頭長髮，皮膚白皙的美女，不只如此，她還相當有女人味。那天美姬開玩笑地模仿封面上的女人，做出把右手放在臉頰邊的動作。

「像這樣嗎？」

我認為她是個可愛的女人，可是說不上為什麼，總覺得她是會當人家情婦的類型。雖然感覺就像自己畫的女人變成真人出現，讓我有點高興。

她現在不知道過得怎麼樣？

我就這麼想起美姬的事。她家境很好，一定結了婚過得很幸福吧。當時的我才三十幾歲。

走出咖啡店，踏上韓文招牌閃爍的大久保通。這裡不只有餐廳，還有販賣韓國食材與韓流明星照片的店。韓國料理的香氣撲鼻，今晚果然想吃韓國菜了。啤酒配海鮮煎餅，吃完再回家吧。風變涼了。

2014年

後樂園一帶

高中與大學時，我都搭地下鐵丸之內線通學。高中時從赤坂見附上車，在新大塚下車，走到護國寺旁的日本大學附屬高校。沿著春日通朝不忍池方向走，途中右轉進坂下通，直接往前走接上不忍池通，直走再右轉，沿著富士見坂往下就到我們高中了。我還記得在不忍通右轉時，轉角處有間賣金魚的店。從春日通到坂下通這一路上，總有看似粉領族的妙齡女郎會從巷弄裡轉出來和我一起走，這種時候我都很開心。升上高三時，有個每次都從地下鐵丸之內線東京站上車的女高中生，每天早上和我搭同一節車廂，坐在我附近的位子。這班電車的終點是池袋，只要過了東京站，車廂就會變得很空。她穿的是東邦音樂大學附屬高校的制服。

有天，她正好坐在我對面的位子。不經意地，我瞥見她敞開的書包蓋裡繡著「K・WATANABE」的字樣。心想，原來我們同姓（我的本名叫渡邊昇WATANABE

NOBORU）。

有時回家也會搭同一班電車。印象最深刻的是電車從後樂園出發時，斜陽照進車廂內，她走向靠在車門邊的我。我無言地望著漸行漸遠的摩天輪。

過了半年之後，我在電視上看到她。剛開始只覺得好面熟，不久就確信那是偶爾會在地下鐵丸之內線上一起搭電車的女高中生。電視上的她身穿白洋裝，配合歌曲節奏踩著腳步唱歌。從主持人的介紹中，我得知她的名字是渡邊加奈子（假名）。她竟然成為一個歌手，真是見鬼了。

高中畢業後，我考上日本大學藝術學部。當時藝術學部有七個學科，我進的是美術科，主修平面設計。通學時和高中一樣搭的是地下鐵丸之內線，從赤坂見附上車，池袋下車，再從池袋改搭西武池袋線，在第三站的江古田下車。我讀大學時的江古田還是個地方都市，瀰漫著一股鄉下的氣氛。每次想到自己要在這種地方讀四年書就覺得沒勁。下課之後我總立刻往銀座飛奔，洗去一身在江古田沾染的土氣才回家。就這層意義來說，我很喜歡搭丸之內銀座線的電車。

之前在電視上看到小石川後樂園一帶的紅葉很美，所以想去走走。那同時也令我回想起自己高中和大學時代的往事。

地下鐵丸之內線當然行駛於地下，不過，為了渡過神田川，出淡路町之後會有短暫瞬間駛出地面，這時前方看得見聖橋。接著馬上又會回到地下，等電車行過本鄉三丁目，到了真砂坂一帶又會駛出地面，然後就直接在地上朝後樂園、茗荷谷站駛去。如果是往池袋方向的電車，左手邊看得到後樂園。隔著車窗眺望摩天輪總令我渾身慵懶，提不起勁。

這天，在地下鐵丸之內線後樂園站下車時剛過早上十點。冰冷的冬日晴空一望無際。往車站左斜前方走，沿著壱岐坂往下，右邊就是東京巨蛋。壱岐坂是從前肥前國唐津藩小笠原家下屋敷還在這一帶時就有的名稱。

小時候來過後樂園遊樂場很多次，可是我卻不喜歡這種地方。真要說的話，我喜歡的遊戲不是畫圖就是自己動手做東西，像遊樂園這種已經準備好東西給我玩的地方，總會令我不知所措。

東京巨蛋對反巨人隊的我來說完全是敵人的大本營。明明在東京出生長大，我卻是中日龍隊的球迷。雖說經常來東京巨蛋看巨人隊對中日龍隊的球賽，卻幾乎沒有贏球的記憶。中日龍輸球之後，巨人隊選手正在接受勝利者專訪時我總是頭也不回地離開，這種時候的心情最是惡劣。

走到水道橋十字路口，右轉沿神田川漫步。走到日教販附近再右轉就進入小石川後樂園了。好久沒來，大概有二十年左右沒來了吧。還沒掉光的枯葉在樹梢上搖晃，園內有一組老人團體，幾乎沒看到年輕人。這也難怪，畢竟是平日上午。

東京巨蛋屋頂
載著孩子們夢想
團團轉的
旋轉木馬
（後樂園）

小石川後樂園是江戶時代初期築於水戶德川家江戶上屋敷內的洄游式假山泉水庭（大名庭園）。水戶德川家水戶藩初代藩主德川賴房命造園家德大寺左兵衛建造，經過嫡子光圀修改，明朝遺臣朱舜水命名為「後樂園」後終告完成。據說取名後樂園的典故來自《岳陽樓記》（抱歉我沒讀過）中的「先天下之憂而憂，後天下之樂而樂」。這是企業負責人與政治家都該銘記在心的話，只可惜現在完全相反的傢伙還比較多。

德大寺左兵衛是知名的造園家，後樂園內大泉水中央的蓬萊島上有顆大石頭，就稱為德大寺石。朱舜水是在李自成之亂（一六四四年）下亡國的明朝遺臣，為了復興明朝大業，往來日本與越南之間經商。他參加過永曆十三年（一六五九年）的南京攻略戰，失敗後放棄反清復明運動，亡命日本長崎。在日本似乎有不少人對他提供支援，使他得以過著放浪異鄉的生活。寬文五年（一六六五年），時任水戶藩主的德川光圀派遣史局員[1]小宅處齋前往長崎敦請朱舜水，於該年七月移居江戶。

水戶（德川）光圀這個人最有趣的地方，就是擅長發掘朱舜水這類命運乖舛的人物。日後，朱舜水的思想大大影響了水戶學。附帶一提，如今東京大學農學部校區內還

1 為編纂歷史到處收集史料的儒學者。

有記載著「朱舜水先生終焉之地」的紀念碑。他的人生似乎在此劃下句點。

談回水戶光圀，他是常陸國水戶藩的第二代藩主。深受日本國民歡迎的戲劇英雄角色水戶黃門便是以他為藍本塑造出來的。藩主時代，光圀改革社寺、禁止殉死、建造名為快風丸的船前往蝦夷之地（後來的石狩地方）探險。此外，他還著手修史事業，修訂《大日本史》，進行許多古籍研究與古蹟保存等文化相關事業。身為德川一門的長老，對幕府行政似乎也有一定程度的影響力。真的是有資格說一句「看到這顆印籠還不知道我是誰嗎？」[2]的人物。

說到水戶黃門，最令人好奇的就是隨侍黃門左右的阿助和阿格兩人了。首先，阿助這個角色的藍本，據說是江戶時代前期的僧人兼史學家佐佐宗淳，號十竹，通稱介三郎。此人的直系後裔已經絕跡，不過同族子孫中出了一位作家佐佐淳行。另外一位阿格的藍本則是江戶時代中期名叫安積澹泊的儒學家，號澹泊，通稱覺兵衛。在水戶黃門影集中追隨黃門，武功高強的他們，沒想到原本都是學者，真是教人頗感意外。對了，劇中阿助與阿格的本名分別是佐佐木助三郎和渥美格之進。

在園內隨性漫步，這天特別冷，剛買到的 Barneys New York 圍巾正好大大派上用場。

我很喜歡小石川後樂園裡的那些橋。圓月橋、大泉水上的石橋、西湖之堤、通天橋、八橋……等等。尤其喜歡圓月橋，倒映在水面時正好形成一個正圓形。這座橋由前面提到的朱舜水設計指導，請來當時有名的工匠駒橋嘉兵衛建造而成。橋和水面倒影合起來正好像是一輪滿月，於是取名為圓月橋。以石造拱橋來說，算得上日本歷史最古老的一座了。

附帶一提，水戶黃門雖然出現在不少

2 水戶黃門的經典台詞。

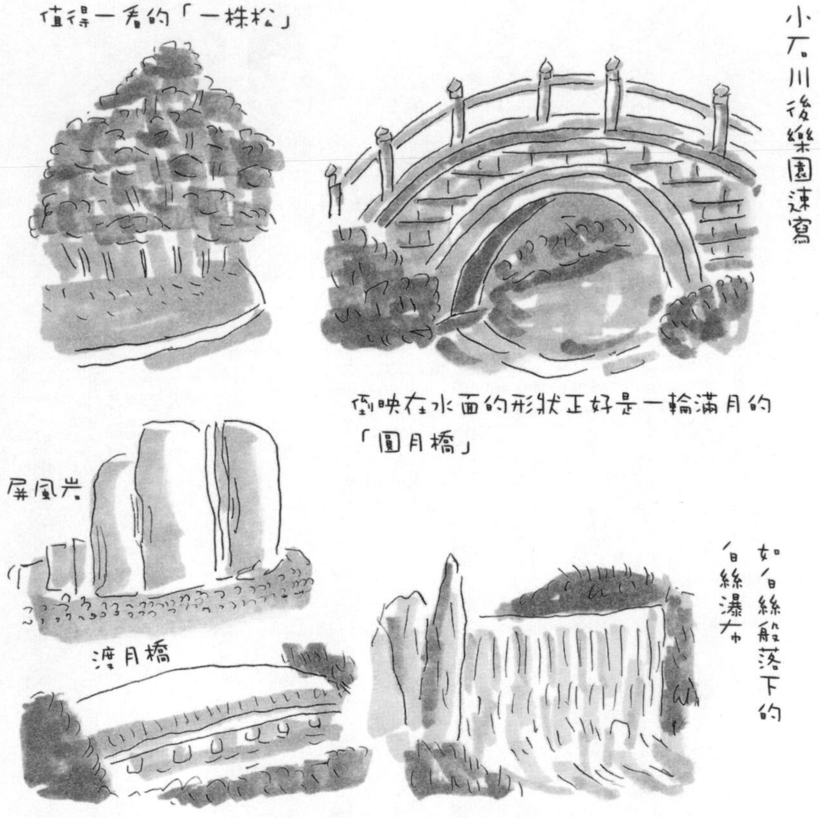
值得一看的「一株松」
小石川後樂園速寫
倒映在水面的形狀正好是一輪滿月的「圓月橋」
屏風岩
渡月橋
如白絲般落下的白絲瀑布

電影與電視劇中，飾演水戶黃門的演員中，我最喜歡的還是小時候看的月形龍之介。

在園內散步了將近一小時才離開。沿著春日通走回丸之內線後樂園站，在富坂下看到春日局銅像站在那裡，似乎正俯瞰著整條街。春日局是德川三代將軍家光的乳母。這位春日局於寬永七年（一六三〇年）在曾是一片原野的此地拜領了町屋，春日町的町名便是由她而來。

順便去了附近的善雄寺與源覺寺。

善雄寺是江戶末期洋學者、同時也以南

東野英治郎扮演的水戶黃門
里見浩太郎飾演阿助，大和田伸也飾演阿格

畫派畫家身分為人所知的渡邊崋山家菩提寺。雖然渡邊崋山歷代祖先之墓都在此寺中，我曾前往參拜的愛知縣田原市城寶寺也有渡邊崋山家族的墓所。

渡邊崋山通稱「登」。說點私人的事，我那建築師父親很喜歡畫畫，特別欣賞渡邊崋山。為我取名為「昇」的原因就在這裡。不過，和崋山老師用同一個漢字太過意不去，所以讓我用了「昇天」的「昇」字。小學、國中時每逢老師點名，叫到我的名字「渡邊昇」之後，總是會補上一句「唷，是渡邊崋山啊」。最近的老師大概沒有這種素養了。

出了善雄寺，接著前往源覺寺，這裡有個叫蒟蒻閻魔的閻魔像，簡直像是漫畫角色的名字。閻魔大王掌管冥界，落入地獄的人必須在祂面前接受生前的善惡審判。若是生前說謊，在地獄就會被處以拔舌之刑。對幼時的我來說，沒有比這更恐怖的事了。

關於源覺寺的閻魔有這麼一個故事。寶曆年間（一七五一～六四年），一位罹患眼疾的老太太向閻魔祈願，於是閻魔把自己的右眼給了她，老太太的眼疾因此痊癒。為了感謝閻魔，老太太決定戒掉自己最愛吃的蒟蒻，做為治癒眼疾的還願。最喜歡吃的東西是蒟蒻已經夠滑稽了，戒掉不吃這點又更搞笑。這裡的閻魔像聽說建造於鎌倉時代。另外，源覺寺裡也有鹽地藏，聽說牙齒痛的人都會帶鹽來此供奉地藏，治好之後再帶加倍的鹽來參拜還願。

對蒟蒻閻魔和鹽地藏一鞠躬後離開源覺寺。之後再度回到後樂園站，搭一站電車到茗荷谷，打算探訪小日向的瀧澤馬琴之墓所在地深光寺，以及石川啄木辭世之地。瀧澤馬琴的《南總里見八犬傳》和《椿說弓張月》都很有名。石川啄木是年僅二十七歲就過世的天才和歌詩人。每次看到他吟的歌，我都覺得這人眼中看出去的一切都是五七五七七構成的吧[3]。

啄木曾借住在此地（現在的小石

3 短歌的格式為五七五七七。

川五之十一之七）的宇津木家，過著非常貧窮的生活。好不容易生下的長男，只活了二十三天便死去。

結束工作深夜遲歸
能否抱抱今夜死去之我兒

這是多麼痛的心境。

早已過了午餐時間，我便在路上的定食店吃咖哩飯。原本猶豫著要不要吃炸牡蠣定食，最後還是選擇馬上就能端上桌的咖哩。

這是一間採家族經營形式的定食店。看似老闆女兒的女店員手腳俐落地服務客人。

即使完全稱不上是美女，但一定會是個好太太。大概能把三個孩子好好拉拔長大也沒有問題。

我從以前就很佩服定食店家的經營能力。街上不時出現的時髦小餐廳過沒幾年就會不知不覺消失，只有定食店好好留下來。日本人的舌頭渴望的是親子丼，是炸豬排定食，是烤魚定食。插畫家也一樣，挾帶標新立異技法突然出現的畫家賞味期限往往只有幾年，我期許自己能畫出像親子丼一樣的插畫。

走出店外，冷風撫上臉頰。腦中浮現高村光太郎的詩句。

冬天確實來了
八角金盤的白花消失蹤影
銀杏樹也成了掃帚

石川啄木終焉之地
標示

漫步八丈島

去了網走和知床旅行，目的是收集流冰的資料。在零下二十度的嚴寒中看了流冰，沒引起我什麼興趣。雖然現在這種看流冰的旅行團好像很受歡迎。

回到東京，再次被大雪淹沒。網走和知床固然冷，東京卻讓我覺得更冷。雪夜裡，我和一樣喜歡歷史的朋友對飲。我們每次總會聊各式各樣的歷史話題，這天晚上幾乎都集中在關原合戰上。在這場戰爭中，與其說是東西雙軍的武力之爭，不如說是一場策略之爭。我們聊起真的認真在打仗的武將有誰，舉出的名字有大谷吉繼和宇喜多秀家。

大家都知道關原合戰的亮點在於小早川秀秋的背叛西軍投奔東軍。此時一路英勇奮戰的大谷吉繼隊伍開始崩解，吉繼也自盡身亡。西軍整體失勢後，最驍勇善戰的宇喜多秀家隊伍瀕臨毀滅。小早川隊伍的背叛激怒了秀家，秀家在憤怒中喊著「我要殺進松尾山（小早川陣地）殺了金吾秀秋！」，被家臣明石全登制止下才不得已地選擇撤逃。我

經常忍不住地想，如果當時秀家真的殺進松尾山斬了小早川秀秋（就算結局是同歸於盡），這場戰爭必定會顯得更加戲劇化。

宇喜多秀家脫離戰場，逃亡薩摩。我對他一路上循哪些路徑逃脫，又是如何逃離追兵的過程非常感興趣。剛開始受島津氏庇護藏匿的秀家，最後雖然免除一死，終究被流放到八丈島上。這段歷史大家都很清楚了。

雪夜裡的酒館中，我和朋友聊著聊著，突然發現「對啊，八丈島也屬於東京都的一部分」。雖然不知道島上有沒有美女，為了逃離連日的寒冷天氣，前往八丈島探訪宇喜多秀家之墓也不啻為一個好主意。我立刻打開旅遊導覽書，得知只要搭五十分鐘飛機就能抵達八丈島。不過，因為天候不佳，飛機有可能無法著陸，直接掉頭飛回羽田。這麼一來可就傷腦筋了。結果我決定從竹芝棧橋搭乘東海汽船。晚上十點二十分出發的船班，在船上過一夜，預計隔天早上九點二十分抵達八丈島的底土港。為了打發在船上的無聊時光，我在背包裡裝了十張喜歡的電影ＤＶＤ。

星期四的船會經過御藏島。從東京灣出發的船在海上劇烈搖晃。黑暗中雖然看不清

我在八重根港下船
聽說天氣不好船就會由此靠岸

從八重根港遠眺八丈富士
這趟旅程天氣不佳，無法登上山

楚，但打濕窗戶的恐怕不只浪花，還有雨水。看來我再次發揮雨男的本領了。

一邊喝啤酒，一邊看伍迪・艾倫（Woody Allen）導演（兼主演）的電影《星塵往事》（*Stardust Memories*），看到一半就睏了。船搖搖晃晃，雨水打在窗上，天還要好久才亮。乾脆直接飛到夏威夷還比較好，不過那樣就太平淡了。正當我躺下來打盹時，窗外的天空已開始發白。雨還在下。

船開進的是八重根港。基本上應該開進底土港，不過遇到風浪大的時候就會開進八重根港。

過去曾被形容為「連鳥都飛不過去」的八丈島，完全就是個海上孤島。以行政區來說屬於東京都八丈町，位於距離東京兩百八十七公里的南海上，御藏島南南東方約七十五公里處。以東山（別名三原山，標高七百一十公尺）和西山（別名八丈富士，標高八百五十四公尺）兩座火山組成葫蘆形的島嶼，西北到東南長十四公里，東北到西南長七點五公里。面積大約和東京山手線內側面積差不多。

這座位在富士火山帶上的火山島，一般認為東山的火山活動期間從十萬年前到約三千七百年前，在那段期間中形成了破火山口（火山中央部分出現的廣大圓錐形凹陷處）。最後一次噴火已經是史前時代發生的事，歷史上未有紀錄。西山則是數千年前開始活動的新火山，山頂上看得見直徑約五百公尺的火山口。

　雨後的太陽灑下微光，我坐在港邊長椅上，吃了四個「曙」的拳骨仙貝配罐裝烏龍茶當早餐。沿著公車專用道往前走，看了大里聚落的玉石矮牆。這些被海浪拍打琢磨過的玉石，將八丈島的景色襯托得

更美。

逛著逛著，看了玉石矮牆圍住的陣屋遺址（舊島公所），也看了有八丈島傳統建築的故里村和八丈島甘薯由來碑。這是為了紀念文化八年（一八一一年）大賀鄉名主菊池秀右衛門從新島引進紅甘薯品種而設計的紀念碑。

走回公車專用道，和三個穿迷你裙的年輕女孩擦身而過。

「不好意思，我想去宇喜多秀家之墓，請問該往哪個方向走？」

我這麼問她們。

「搭公車到町役場前下車是最近的，如果從這裡直走的話就在左手邊。途中會經過民俗資料館，在那邊問人會更清楚。」

她們很親切。現在這個時代哪有年輕女孩知道宇喜多秀家是誰，她們肯定是八丈島的居民。

我去了八丈島歷史民俗資料館。這間資料館於昭和五十年（一九七五年）開館，建築物直接沿用以前的八丈支廳舍，館內展示與流犯相關的資料、島上生活與農耕用具等，

八丈島歷史民俗資料館
展示從前島上的生活
有與流犯相關的展示區
源為朝銅板神像
水丸正在眺望
現在已成無人島的
八丈小島
宇喜多
秀家公之墓
秀家在這座島上
生活了大約五十年

值得一看。其中尤以從北邊一百二十公尺外的釋迦堂移請過來的木造南蠻風羅漢座像，以及從八丈小島上的為朝神社遷移過來的源為朝銅板神像最為特殊。羅漢座像的法衣上還披著一件西歐款式的披風，似乎因此得到一個「披風羅漢」的別名。源為朝神像以鑄銅打造，做衣冠打扮，佩著太刀與弓矢，呈合掌坐姿。

走出資料館時雨又下了起來。我請櫃台處的女性員工幫我叫計程車，前往宇喜多秀家之墓。

被雨淋濕的五輪塔生著青苔，比一般五輪塔大上一圈，據說這就是秀家之墓。下雨的日子似乎特別適合來看流犯之墓。五輪塔旁邊有個呈小型卒塔婆（墓牌）狀的石塔，不起眼地杵在一旁。聽說這才是最初秀家下葬時豎立的墓石。風化嚴重的墓石表面勉強辨識得出「南無阿彌陀佛」的文字。

旁邊的五輪塔由秀家子孫於天保十二年（一八四一年）重建。環繞墓地的石矮牆上設有從秀家精心打造的岡山城天守閣（秀家在這座城中奉領五十七萬四千石）運來的部分礎石。

根據歷史紀錄，宇喜多秀家是第一個被流放到八丈島的罪人，他的墳墓也被指定為東京都文化遺產。秀家被流放那年三十四歲，此後一直到八十三歲死去為止，在這座南海孤島上過了五十年的流犯生活，死去時正值江戶幕府第四代將軍德川家綱治世。秀家長相俊美，身高足足有一百七十公分，是位偉岸美丈夫。我還挺崇拜這位武將的。

話題稍微拉遠一點，前面提到秀家在關原一戰落敗後，曾暫時受過島津家的庇護。雖然後來島津家還是將他交給家康，當時他命兩名家臣留下侍奉島津，其中一人就是後來改名為本鄉義則的弓術高手，也是薩摩日置流弓術師範東鄉重尚的師父。

別說美女散步了，現在變得好像流犯巡禮似的，因為接下來我又搭計程車去了近藤富藏之墓。若說秀家是第一個被流放到八丈島的罪人，那麼近藤富藏就是最後一個流犯。富藏的父親是以探索千島與擇捉島聞名的近藤重藏。父親重藏除了本宅之外，還在三田村鎗崎（現在的中目黑二之二）擁有一片廣大土地。文政二年（一八一九年）受富士講信徒委託，在那塊土地上建造了一座模仿富士山的山（富士塚）。這座山別名目黑新富士、近藤富士或稱東富士，前往參拜的人絡繹不絕。就連鼎鼎大名的廣重也畫過這座山。

新富士山門前多了不少攤販，開始熱鬧起來，於是父親將管理土地的工作交給富藏。此時有個叫塚越半之助的農夫（原本是個賭徒，金盆洗手之後轉為務農）來向富藏租地擺攤賣蕎麥麵，借了土地給他之後，對方卻沒有按時支付租金。推測大概是催了幾次依然欠債吧，與不動產扯上關係的麻煩事古今皆然。總之，富藏採取的舉動相當激烈，他一口氣殺傷了包括塚越半之助及他的妻子、母親、孩子在內共七人。這就是俗稱的「鎗崎事件」。

文政十年（一八二七年），富藏被處以流放八丈島之罪。殺傷了七個人只判流刑，或許是看在他父親探索千島與擇捉島的偉業份上，加以斟酌減刑的結果。富藏雖然是一個流犯，卻仍有他的過人之處，在流犯生涯中創作了共六十九卷的《八丈實記》。這部著作被稱為「八丈島百科事典」，對研究者來說是非常寶貴的資料。民俗學者柳田國男曾將富藏譽為「日本民俗學者的開山祖」。

午餐吃的是用醬油醃漬近海魚作成的握壽司。在菜單上看到有醬拌蜀葵，我就順便點了那個。蜀葵在東京就叫做秋葵，我幼年時因罹患兒童氣喘，住在南房總的千倉安養，那裡的人也把秋葵叫做蜀葵。我猜或許千倉的秋葵都是從八丈島運過去的吧。蜀葵（秋葵）的花很像月見草，是我喜歡的花。

吃過午飯，我走進附近的都立八丈島植物公園。這裡有溫室，也有木瓜等果樹，還有盛開的扶桑花。從園內高處的展望台上望出去，八丈富士及八丈小島一覽無遺。我在餐飲區吃了用明日葉做的冰淇淋，這是我第一次吃。

八丈小島頂端有雲飄過。這座小島位於八丈島西邊大約七點五公里

處，周圍環繞著海蝕崖，大部分的海岸線都呈現急陡斜面，是個金字塔狀的小島。江戶時代島上的西北部有鳥打村，東南部有宇津木村，只是現在已經成為無人島了。

從南原千疊岩海岸眺望八丈小島後，我住進底土港附近的飯店。前往飯店途中順路繞去了黃八丈織的紡織工房，不過只有看看而已。這種布是八丈島的特產，起源不明，只知道中世紀時已有這種布料的製作。江戶時代的庶民往往用黃八丈織來縫製女兒的禮服，對一般人來說是很熟悉的布料種類。我還記得女兒讀幼稚園時，經常穿外婆買給她的黃八丈織。

下下停停了一整天的雨，到了夜晚下得更大。聽說島上本就多雨，年間平均氣溫大約十七、八度，應該稱得上是南方樂園吧。在這樣的島上蓋棟小屋來住或許很不錯。

晚餐和中午吃的是同樣的島壽司，再用明日葉天婦羅和烤常節飽配島上出產的燒酒。不知道為什麼，島產的燒酒就是好喝。飛魚做的臭魚乾吃了會上癮，也是很好的下酒菜。

明天如果天氣好，我想去爬八丈富士，或許可以租艘小船渡海過去，這麼想著想著，眼皮漸漸沉重。

醒來時外面是個烏雲密布的大陰天，海面風浪劇烈起伏，想到又得在船艙內搖晃十個鐘頭，整個人都厭煩起來。

叫了計程車，請司機到八丈島燈塔附近繞一繞，那一帶還有個叫末吉溫泉的露天溫泉，泡在裡面可以俯瞰海面。

「飛機明天會飛喔。」

計程車司機這麼說。沒辦法，只好請他帶我去裏見瀑布和服部屋敷遺址看一看。這個屋敷遺址，據說是江戶時期送黃八丈織到幕府進獻的御用船家宅邸。裏見瀑布是可以從內側觀賞的稀有瀑布。

現在的心情是，再住一個晚上吧。

寫下《八丈實記》的
近藤富藏之墓

紅色
島（町）上的鳥
「伊豆鶇（烏赤腹）」
八丈島燈塔
也相當不錯
島魚「春飛魚」

本文連載於《小說現代》
二〇〇七年二月號至二〇一四年四月號
（隔月揭載）

攝影　橫木安良夫

藍小說㉖⑥

東京美女散步（下）

作者／繪者——安西水丸
譯　　者——邱香凝
主　　編——嘉世強
編　　輯——張瑋庭、鄭雅菁
責任企劃——王君彤
封面設計——白日設計
內文排版——極翔企業有限公司
董事長／總經理——趙政岷
出版者——時報文化出版企業股份有限公司
10803台北市和平西路三段二四〇號三樓
發行專線—（〇二）二三〇六—六八四二
讀者服務專線—〇八〇〇—二三一—七〇五
（〇二）二三〇四—七一〇三
讀者服務傳真—（〇二）二三〇四—六八五八
郵撥—一九三四四七二四時報文化出版公司
信箱—台北郵政七九～九九信箱
時報悅讀網——http://www.readingtimes.com.tw
電子郵件信箱——liter@readingtimes.com.tw
法律顧問——理律法律事務所　陳長文律師、李念祖律師
印　　刷——勁達印刷有限公司
初版一刷——二〇一七年七月二十八日
定　　價——新台幣六八〇元（上下不分售）
（缺頁或破損的書，請寄回更換）

時報文化出版公司成立於一九七五年，
並於一九九九年股票上櫃公開發行，於二〇〇八年脫離中時集團非屬旺中，
以「尊重智慧與創意的文化事業」為信念。

國家圖書館出版品預行編目（CIP）資料

東京美女散步／安西水丸著；邱香凝譯. -- 初版. -- 台北市：時報文化, 2017.07
冊；　公分. --（藍小說；265-266）
ISBN 978-957-13-7076-7（上冊：平裝）. --
ISBN 978-957-13-7077-4（下冊：平裝）. --
ISBN 978-957-13-7078-1（全套：平裝）

861.67　　　　106011773

ISBN 978-957-13-7078-1
Printed in Taiwan